来自心理咨询室的
十五个
一手故事

中国『轻一代』女性的心灵图谱

Psychological Graph of The
No-Roots Generation of Women
in China

蔡岫 梁明霞————著

新星出版社　NEW STAR PRESS

自 序

据说如今若没有点心理疾病,都不好意思跟人聊天儿。这是玩笑话,不过正如心理分析大师弗洛伊德先生所说:"没有所谓玩笑,所有的玩笑都有认真的成分。"我们都是带着病前行。

不久前的一个饭局上,有人聊到当今的心理问题,谈笑风生的众人,居然都缄默不语。桌上一个美女演员说,她上一次分手后,抑郁了很长时间;一个制片人说,他强迫症严重的时候,不停地背跟自己没关系的数据;一个策划师说,接了一个不可能完成的任务后,他逼着自己进行下去,直到一天心绞痛发作……唯一一个没说自己有问题的人,是晚来了两个小时的一个作家。不过他若无其事的样子,简直是典型得没有超我,也就是无羞惭感,嗯,这也是一种病。

这样的他们、我们,是"轻一代"——不仅仅是年"轻",

I

还由于来自不够温暖的家庭，以及在各种社会问题中游走等原因，迷茫、脆弱、"轻"飘飘，时刻都像踩在云上一般。

真正震惊到我的，是一个非常可爱的朋友，她死于抑郁症。这姑娘善良、热情，重要的是她呈现出来的样子，一直都很开朗。我记得我们最后一次聚会的时候，她打扮得漂漂亮亮，唇色尤其好看，聊的都是一些快乐的内容。这样一个积极生活的人，怎么可能是抑郁症？！

得知悲讯的我非常伤心。我这样一个貌似观察力很敏锐，也很会关心朋友的人，怎么会一点察觉都没有？我反复回想而没有答案。后来才知道有一种抑郁症叫"微笑抑郁"，快乐在脸上，悲伤在心里。

我有一种深深的无力感。

作为一名媒体人，我问自己，一直觉得做好本职工作不给社会添乱就达标的我，能不能再多做一点，有没有机会不让这样的悲剧再发生？作为社会的一个成员，我还能为这个社会做些什么？

我观察了其他媒体的类似板块，要么偏向倾诉缺乏分析，营养性上弱；要么就是个案例分析版，可读性差。没人会承认自己心理有病，我便在《北京晚报》策划了疗愈心灵的《来访者》栏目，以故事加分析的形式，让读者慢慢接受心理问题是普遍存在的事实,并给出一些疗愈的方法。如此,让有问题的得到参考,没有问题的当个启示。两年里,《来访者》也从试运行到逐步稳定,并有机会成为这本书。

本书分享了15个"轻一代"女性(经过当事人授权)的心灵故事。她们年轻、漂亮、事业有成,但却有着不同类型、不同程度的心理疾患,从中读者可以发现,很多外在表现出来的行为——比如不停地洗杯子,或投入地看着空白的电视,或一拿话筒就体如筛糠,或每当暑假便浑身冒冷汗……都是源于病症。

弗洛伊德说:"人的内心,既求生,也求死。我们追逐光明,却也追逐黑暗。我们渴望爱,我们却也近乎自毁地浪掷手中的爱。我们心中好像一直有一片荒芜的夜地,留给那个幽暗也寂寞的自我。"

亲爱的读者,如果你是个相对健康的人,合上本书后,你一定会明白,第一,不要去嘲笑或者议论这些有症状的人,他们病了。就像在医院里,你会嘲笑一个卧在病榻上而不能自己去卫生间的人吗?第二,他们需要帮助,如果你力所能及,安慰他们或带他们去看心理医生。

如果你是出现过类似症状的人,合上本书后,希望你的内心也跟着书中主人公的脚步变得有力量,接受不完美的自己，然后，有病治病，啊哈！

人心是矛盾的，脆弱的，本书唯一的目的，就是借由这 15 个故事，让我们的内心能强大起来，来面对人世间种种杂乱纷扰。跨越障碍，未来还会有那么多美好的事物在等着我们。正如徐訏《恋歌》里的那句："长长的旅途布满寂寞，黯淡的云端深藏灿烂的日子。"

感谢《北京晚报》的支持。感谢新星出版社的慧眼识珠。拥抱我的合作者梁明霞老师，共同的目标使我们合作完成了此书。我还要感谢《北京晚报》记者曾子芊、心理咨询师安晓萌、王琛、靖远等对本书的特别贡献。最需要感谢的，是所有来访者所具有的分享精神，你们的勇敢才让我们有机会共筑这样一座通向美好的桥梁。

蔡岫

2019 年 4 月于北京

目录 CONTENTS

A 心灵故事 / 1

必须人前灿烂 / 3

一只杯子洗半年 / 11

怎么成了讨厌的她 / 21

突然就恐高了 / 32

就爱刨根问底 / 45

不被回应的痛 / 55

一考试就哆嗦 / 69

不敢过暑假 / 79

拿起话筒会紧张 / 91

说得对也不想听 / 105

何以跟上司相爱相杀 / 116

一个人待着想撞墙 / 129

想结婚却总逃婚 / 141

莫名其妙把主管当成神 / 154

被病菌吓哭 / 167

B 心理问答录

1、进行心理咨询和去医院看病有什么异同？/ 181

2、心理咨询的性价比如何？去做心理咨询值不值？/ 183

3、我需要做心理咨询吗？如何判断？/ 185

4、如何找到一位靠谱并且和自己匹配的心理咨询师？/ 190

5、如何知道一个人是不是成熟？心理学上如何判定？/ 192

6、如何克服怕鬼的心理？/ 197

7、人为什么会自杀？/ 200

8、如何从一个被动的人变成一个主动的人？/ 205

9、如何调节日常生活中的抑郁情绪？/ 207

10、发现自己做事的动机都是取悦别人，应该如何改正？/ 210

11、小时候缺爱成人后如何补？/ 212

12、为什么越努力越焦虑，松懈以后反而产生一种内疚感？/ 215

13、患有严重的注意力缺陷障碍（ADD）怎么办？/ 217

14、强迫症状的背后是羞愧还是内疚？/ 219

15、作为新手爸爸，如何面对爱发飙的全职妈妈？/ 221

代后记 夜空中最亮的星 / 225

A

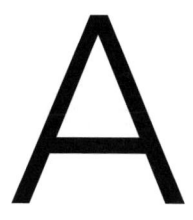

心灵故事

必须人前灿烂

每天都是阳光般的出现,其实流泪的她,才是主角。

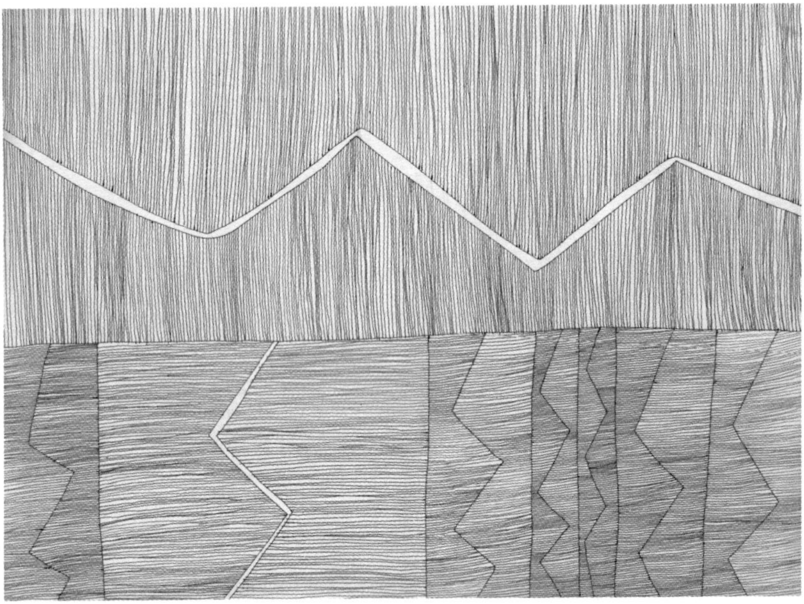

【菲儿的葬礼】

菲儿死了。遗像上的她微笑着,笑容很迷人,一侧有个小酒窝。眼窝有点深,阳光在眼睛上投下淡淡的阴影。

收到告别仪式通知的人得知她死于车祸,只有少数亲友知道,菲儿死于自杀。职位和样貌都让人羡慕的她,在一个深夜,从20层楼上飞身跃下。

痛苦万分的亲人没力气再跟人解释,菲儿得了严重的抑郁症。讽刺的是,就连他们自己都是才知道实情。

没有人能接受,终日微笑示人的菲儿,何以患有抑郁症?

是的,菲儿很爱笑,别人看到她就会觉得放松。尽管工作特别累,有时候连续几天都是每天只能睡几小时,她还是能保持笑容。只是一次午休时间,同事忘记敲门闯进她办公室的时候,发现她正呆呆地看着并没有节目的电视,手里还握着遥控器。

菲儿很爱听杨采妮的一首老歌《笑着流泪》,大意是把快乐留在脸上,眼泪留给漫长的夜色。她又何尝不是,流泪的她,才是主角。

【心灵解读：她的微笑是一种假象】

抑郁症中有一种称之为"阳光型抑郁"。外在表现上，这种抑郁症患者非常快乐，还能把这种快乐带给别人，但当他们独自一人时，却有着难以言说的痛苦。就像菲儿，终日微笑示人，尽管工作特别累，还是能保持笑容，这背后有一个动力——我不能够成为别人的负担，否则我的存在就是一个罪孽。

这样的人，即使周围的朋友很多，也不能缓解这种抑郁，因为她觉得自己不值得被照顾，不值得被关注——甚至有的时候，别人的关心反而会加重她的抑郁，这就使得这种"阳光型抑郁"的人很少求助，不会求助于朋友，更不会求助于咨询师，以至于错失了最后的机会。

【影视圈不靠谱】

历经了两个电影项目的宣传后，作为宣传总监的菲儿辞职了。

电影卖得非常不好。有人说拍得差，有人则说宣传太烂。老板跟她谈话希望她能做得更好，菲儿却认为，按公司安排，每次在电影尾声才介入宣传，现场采访、物料等都无法逆向操作，工作只能被动完成。更重要的是，在她的价值观里，宣传本身的附属品属性太强，这不是她想要做的事情。她更喜欢写作，去主导一个故事的发展。

菲儿毕业于编剧专业，但限于阅历，无法一工作就从事编剧工作，只好先到影视公司做宣传。宣传是个很琐碎的工作，很多时候，一天都用来找某个公号大咖的联系方式。虽然几年下来，菲儿在这个行业已小有名气，辞职后很多影视公司都对她伸出橄榄枝，但做编剧始终是她心里不灭的梦想。

事实上，菲儿忙里偷闲写剧本很久了，但因是新人，尽管写了大量文字，却都是枪手性质，即干活不署名。目前有几个项目都有意签她做独立编剧，她才有底气辞职，她还跟朋友开玩笑：以后忙不过来，被几方催稿怎么办？

然而，由于各种原因，最终只有一家公司跟她签约，稿酬还压得很低。之所以接这样的单，是片方跟菲儿承诺年底拍完，大平台播，给署名。收到订金后，菲儿快马加鞭，熬夜写作，按阶段完成工作，但甲方却总以内容不过关而不兑现钱款，并在剧本一稿交稿后提出解除合同。

菲儿拿着解约通知，久久没有缓过神，她不明白事情怎么就发展到了这一步。她想了很久，不打算走司法程序起诉甲方违约。她想，也许真的是自己写得太糟糕了。她反复看自己的剧本，寻思如何写得更好一些。

直到很久以后，她才从同行那里听说，那个项目是因资金不到位而彻底停摆了。编剧朋友安慰她，影视圈就是这么不靠谱，没几个职业编剧能按合同拿到钱。菲儿似乎并没有很难过，她做了一个装作要哭的可爱表情。

【心灵解读：适应机制充满"否认"】

心理学上把一个人应对外界、适应现实的方式称为适应机制，从这段菲儿的工作描述中可以看出，菲儿的适应机制中包含着很多"否认"的成分——否认老板谈话的初衷；以枪手的身份写剧本，明明很介意，却装作"不在意"；包括之前说菲儿习惯用阳光的方式和别人交往；这都是否认自己的各种感受。

这也是这种适应机制比较"原始""不成熟"的地方，它的特点是自我与外界的边界比较模糊，个体在某些时候表现得像一个前语言期的孩子，缺乏现实检验的能力，以及对自身之外的事物的独立性和恒常性的鉴别，表现出来的就是理想很丰满，现实很骨感。

【每一次都华丽出场】

菲儿说要休息一段时间，也充充电，于是报了各种学习班。

她最喜欢的是插花，每天在朋友圈分享心得。

菲儿还爱上了化妆，菲儿本来就漂亮，打扮起来不可方物。参加各种聚会时，菲儿拾掇得非常精致，口红很显眼，身上有淡淡的香氛。菲儿说自己很喜欢 Armani 的 Sensi，可惜从她开始用的时候就总断货。朋友出国玩的时候，她还托人再带一瓶。聚会上的菲儿，缤纷美丽，谈笑风生，开心果一样逗那些工作或感情不顺利的朋友开心。

菲儿没有再写剧本，她应聘了两家杂志社，在等待消息。朋友问她为什么要去走下坡路的传统媒体，她说她喜欢采访不同的主题，了解更多的故事。

带香水的朋友回国联系菲儿，得到的却是菲儿已不在人世的噩耗。朋友不能相信，菲儿，一个如此美好的姑娘，做这种极端选择的人，无论如何也不该是你啊！她还想告诉菲儿，Armani 的 Sensi，已经不生产了。

【心灵解读：需要足够好的客体陪伴】

菲儿的抑郁，从源头上来看可称为"内摄性抑郁"，即一个极度贬低她的坏客体在她的内心中"拍摄成像"。而且这种成像发生在幼儿早期，很难改变或移除，这就使得她经常会感觉到那种极度的贬低。一次又一次，慢慢地，个体会自我贬低，觉得自己道德低下，邪恶不堪，自己的存在是一个罪孽，唯有一死，才可告慰世界。

拯救菲儿并非易事，除非有一个足够好的客体陪伴在身边，慢慢去修正她早年的内部成像。这个足够好的客体，可以是一个足够贴心的伴侣，也可以是一个专业心理咨询师。关键要从源头去解决问题，在她的内心深处内化一个好客体以替代早年那个极度贬低的客体。

【尾声 & HINTS】

微笑抑郁的患者，独处时和人际互动中，通常是两种状态：人际互动时笑容满面；独处时则比较自闭，如菲儿自己在办公室时，会对着空空的电视机屏幕发呆很长时间。而亲密关系是介于独处和人际互动中间的一种关系，所以，这样的患者更需要亲密关系所能带来的关心与温暖。按照这个思维方向，发展一段亲密关系对患者非常重要。这种亲密关系的对象，也不仅仅局限于人，宠物、植物都可以部分地起到关心与温暖的作用。

如果你发现身边有这样的朋友或亲人，除了从他（她）的感受出发去走近之外，可以更多地由他（她）的爱好和兴趣出发，送他（她）一些植物或动物等，这种与生命共同成长与陪伴的过程，或许能够帮到他（她）。当然，也可以鼓励他（她）去做专业心理咨询，寻求专业人士的帮助。

一只杯子洗半年

同事好心来家里送东西,她却在同事走了之后,不停地洗人家用过的杯子。

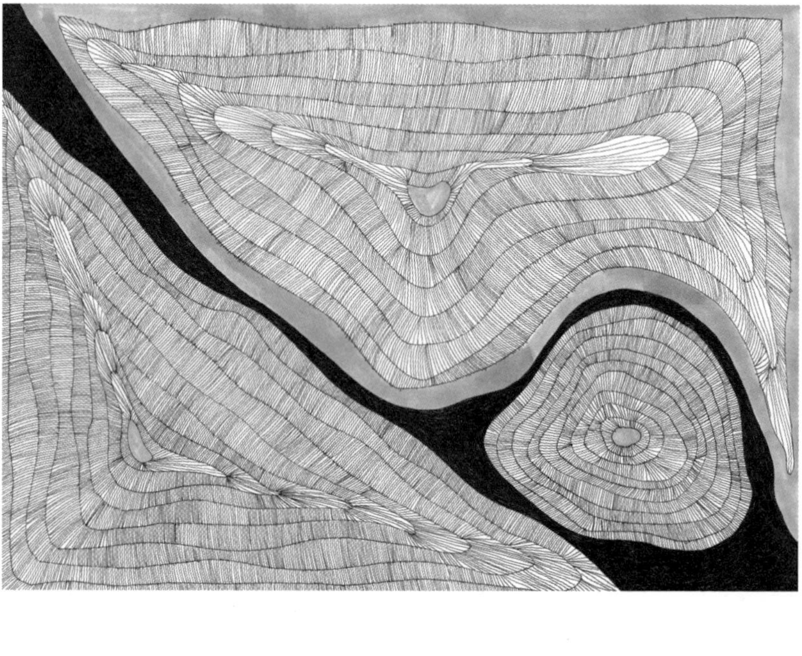

【莫名其妙产生了洁癖】

小文在一家知名企业上班，平时工作认真，做事计划性很强，是一个对自己要求非常高的人。午休时，小文很少跟同事一起嘻嘻哈哈，而是看看书，或趴桌上小憩片刻。办公室的大伟性格外向，经常给大家讲段子，有一次小文趴着还没睡着，听着乐出了声儿。

一次因为生病，小文请了三天假。正逢节前，公司给每个员工发了一床蚕丝被。热情的大伟给她打电话慰问，询问身体状况，然后告诉她发东西了，他会顺路给送过来。

下班时，大伟来小文家送东西，也没坐多一会儿，喝了杯茶，聊了几句，自己带上门就走了。

大伟走了之后，小文忽然觉得，哎呀，门把手怎么这么脏啊，就开始擦。她自己也纳闷，以前也没发现脏啊，奇怪。后来小文又觉得，男同事还喝了水，踩了地，坐了家里那把藤椅，于是开始刷杯子、拖地、擦椅子。这一天后来的时间，小文一分钟没闲着，净忙着干家务了。

病好了去上班，小文一进办公室就开始走神，想的都是门把手太脏了，而且越琢磨越难受。本来就有点严肃的她更不苟言笑了，大家都觉得她可能没好利索，还慰问了几句，她也没怎么理会。大伟更是刚说了一句"你脸色不好"，小文就躲一边去了。好不容易熬到下班，小文打完卡就往家走。平时，她都是坐地铁加上一小段步行，今天着急就打车。路上特别堵，她心里更懊恼了，恨不能突然出现架飞机让她上去。

一到家，小文就刷杯子、拖地、擦椅子、擦门把手，连84消毒液都用上了。丈夫和孩子回家看到后都很奇怪，一般不是周末才大扫除嘛，何况昨天不是刚打扫完吗！

接下来的一个星期，小文就这么每天折腾。就这样她还嫌打扫卫生不够彻底，干脆请了一个月的假，每天就是刷杯子、拖地、擦椅子、擦门把手。

半年后，小文索性把工作辞掉，因为在单位什么也干不了，就惦记回家扫除了。而且严重到若刷杯子时水溅到身上，她竟立刻把衣服脱下来洗。洗完衣服，再把洗衣机刷一遍，连饭都没工夫做了。老公和孩子被她每天洗这洗那弄得晕头转向，无法理解，问她怎么开始有洁癖了，她又说不出来。小文其实很痛苦，她也不想洗，但无法控制自己的这种行为。

【心灵解读：一份不该发生的特殊感情】

小文，五官端正，衣衫得体，但似乎整齐得过分了——头发没有一丝散乱，衬衫扣子一直扣到领口最上一粒。尽管她努力保持礼貌，但她在沙发上坐下的时候，眼神明显有点犹豫，那种对沙发的嫌弃是掩饰不住的。

我们在生活中时常会遇到小文这样有洁癖的人，通常的做法是把椅子擦干净，尽量用一次性的东西，不触碰他们的私人物品。但这往往没什么用，你依然能感到对方的犹豫和不自在。有洁癖的人，也总是不断做各种清洁工作，如小文一次次地刷杯子、拖地、擦椅子。尽管如此，心里还是有顾虑，她在顾虑什么呢？令人诧异的是，原来并无洁癖的小文，是如何突然染上洁癖的呢？

经过一番艰难的咨询过程，随着对小文心理世界一点一点地深入了解，终于发现，小文的洁癖竟然来自自己没有意识到的对男同事产生的特殊情感。

据小文回忆，去年年底的一天，她正在办公室加班，老家的人打来电话说母亲病了。小文挂了电话，心里特别难受，北漂多年的她很想家，想回去看看。但年底正是公司特别忙的时候，作为工作链条上的一环，她手头还有很多事务没法移交。在办公室当着众人不能哭，小文只好跑到茶水间偷偷掉眼泪。这一幕刚好被大伟看到，大伟帮小文承担了一些工作，让小文提前订票回了家。这之后，两人的关系就走近了很多，她在工作中越来越依赖他。比一般同事要近的这种关系，经常会让她有想逃开的冲动，但每次见到又觉得两人相处很自在，直到那次生病。

　　小文在表达这些的时候会突然地停下，咨询师能感到她的那份犹豫，一如她进入咨询室要坐在沙发上的那种顾虑。

　　"你似乎有点担心我怎么看你？"

　　"嗯！"

　　"你觉得我会怎么看你？"

　　"你可能会觉得我很龌龊吧！"

　　龌龊这个词一出口，小文就长长地舒了口气，好像终于把压在心里的一块大石头撬动了。小文是个有家的人，丈夫对她很好，孩子机灵可爱，而大伟也是新婚燕尔。"我怎么能对他有想法呢！太不应该了！"这句话小文反复说，有时会说好几遍，一如她一遍遍地刷杯子、拖地。咨询师问她刷杯子的时候感觉怎么样，小文说一开始还行，刷完、打扫完看着干净整洁的家，心里挺舒服的，但后来似乎就越来越没有效果，总是得频繁地去洗才能感觉好一点，所以她干脆辞了工作专心打扫。

那次咨询结束时，咨询师留给小文一个问题：龌龊让你想到了什么？

【并不美丽的西西里传说】

"龌龊"这个词让小文想到了小时候镇上的一个女人，还有电影《西西里的美丽传说》。

小文出生在一个南方小镇，她说她们那里和城市很不一样，一个镇子一个姓，镇子里现在还有一个祠堂，每年依然有祭祖仪式。小文自小是由姥姥带大的，小文叫她婆婆。婆婆带大了好几个孙子、外孙子、重孙子，她的话大家都得听。德高望重的婆婆在村里亦颇受敬重。

婆婆一辈子都没有离开过镇子，思想极其保守。小文记得初中暑假的时候，她穿了一件跟同学一起买的吊带裙，还搭了一件开衫，她觉得很好看，特别高兴地去看婆婆。但没想到迎接她的，是婆婆嫌弃的眼神。那种眼神她到现在都还记得。从那之后，她就很少去看婆婆了。理智上，小文能理解婆婆的想法，从小婆婆就跟她说，女孩子一定要有女孩子的样儿，做事要有规矩，一定不能坏了规矩。婆婆还总拿镇上一个表姑的例子来教育她，那个表姑才嫁人没多久，丈夫就出意外死了，后来表姑一直没有嫁人，很守"妇道"，镇子上的人都很尊重她。

小文不喜欢那个表姑，总觉得她人冷冷的、怪怪的。婆婆却郑重其事地说，她是能入祠堂族谱的，就冲这点你也得尊重她。

小文其实不太明白祠堂族谱是怎么一回事，也不明白什么是"妇道"，但似乎这两件事情是联系在一起的。大学时候，小文看了一部电影《西西里的美丽传说》，有一幕对她的冲击特别大：女主被一帮女人摁倒剪头发、撕衣服，简直太可怕了。小文不由得想到自己家镇子上发生过类似的事情，当时全镇男女老少都往一个女人身上扔烂菜叶子和臭鸡蛋。那时候小文还特别小，被婆婆关在屋子里，她是透过窗户看到的，大家齐声骂那个女人是"坏女人"。

【心灵解读：请接受自己性格中邪恶的部分】

显然，镇子上的"坏女人"和电影《西西里的美丽传说》的那个情节是影响小文的重要事件，在小文的认知中，这就是婆婆口中不守"妇道"的女人，是入不了祠堂族谱的人。

按照心理学的解释，这些认知最后会成为一个人"超我"的一部分。超我是道德化的自我，是个体人格中最后形成的而且是最文明的部分，它反映着儿童从中发展起来的社会道德要求和行为标准。

小文的"超我"和她生活的小镇密切相关,那样的环境是她最初接触的社会,社会中的道德礼法会成为小文人格中的一部分。和大多数人相比,小文的"超我"中除了有理想、信念,还有一个特别重要的部分——惩罚,这个部分如此强烈,根深蒂固,在小文大学时看电影《西西里的美丽传说》时被重新激活。

小文对男同事大伟的好感让她觉得自己是个龌龊的人,是那个"坏女人"。她不能接受这样的自己,也害怕这样的情感会让自己受到"不守妇道"的惩罚,于是通过刷杯子、拖地、擦椅子等方式试图擦去这部分的自己,等于也在变相地惩罚自己。

【尾声 & HINTS】

心理咨询师能帮小文的,就是去接受自己的这部分被排斥在外的情感,接受自己性格中邪恶的部分。接受的方式是在咨询中允许自己表达出来,在表达的过程中,咨询师帮助小文澄清并梳理这部分情感。这样的互动会让小文的内心逐渐强大起来,认识到"超我"中的一些不合理的信念,用一种更灵活更宽容的态度去看待。

当有一天小文内心变得强大,能勇敢地面对自己,接受更真实的自己的时候,那些被叫作"症状"的——不停清洗的行为,自然就会消失了。

你身边如果有这样的朋友,最好的方法是鼓励她以更真实的状态出现,不去限制她,能够更自由地表达自己的内心,然后再鼓励她思考如何解决真实世界里的问题。

怎么成了讨厌的她

不知不觉,她竟长成了她从小到大都讨厌的那个人的样子,连说话的语气和姿态都一模一样,这真是一个巨大的讽刺,她简直要笑出声了。

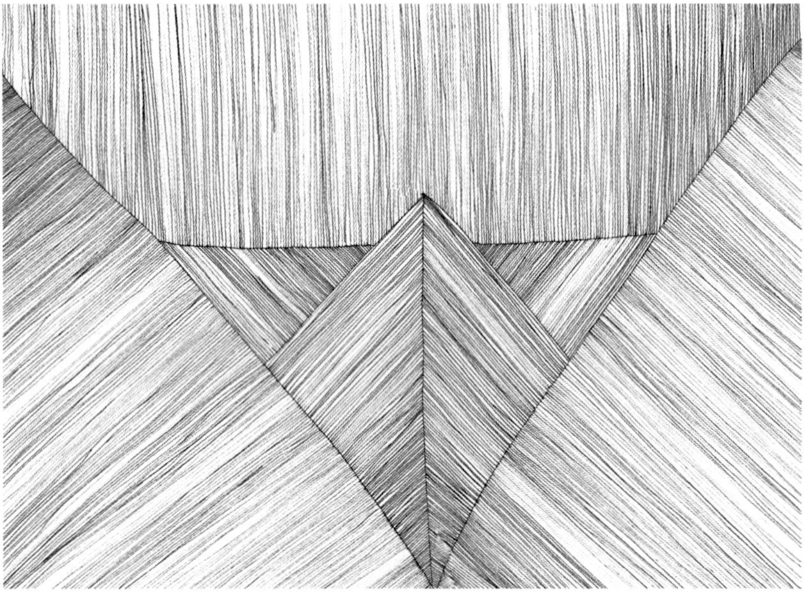

【拍桌子上瘾了】

大学毕业后，卫兰在一家私企从事编辑工作，成为主管的得力助手。一年后，主管突然辞职，卫兰就升到了他的位置。

按说，升职对每个人都是好事，但对卫兰而言却特别难受：一是主管的突然离开让她困惑不解，一是业绩的压力让她有点吃不消。不久，卫兰因为工作上的分歧，第一次和下属拍了桌子，随后就有了第二次第三次。

有一天，一个遭她责骂的下属愤然提交了辞职信。走进卫生间，她正巧看见同事在洗手池那里哭泣。卫兰一下子觉得特别难受，她想走过去说一声"对不起"。然而，同事看见卫兰过来，像个惊恐的小兔子一般逃走了。看着同事遁去的背影，那一瞬间，一种熟悉的感觉涌上心头。是的，那就是过去的自己，受尽委屈的卫兰。

我这是怎么了？卫兰问自己。

当了主管之后脾气渐长，感觉每天都像绷紧了弦似的，好像只有拍桌子才能表达自己的愤怒。下属跟自己汇报工作时小心翼翼，其他同事见了自己也都躲着，天啊，我在做什么呢?

卫兰脑子里像过电影一样，回放着自己欺负人的每个画面，一次又一次拍桌子的声音似乎震耳欲聋，别人是不是看自己都跟故事里的恶霸一样……卫兰不喜欢这样的自己！她连续好多天失眠，每天到单位都昏昏沉沉，工作上甚至开始出差错。再这么下去，卫兰觉得自己快要被工作压垮了。老板也发现了卫兰的状况，给她放了三个月假，让她看看心理医生。

【心灵解读：你在怕什么？】

在咨询室里，卫兰说那个逃跑的背影就是过去的自己，而现在的自己，就是过去姐姐的翻版，诸如脾气大、易冲动、严苛等。

卫兰不明白自己怎么就变成和姐姐一样的人。她很不喜欢姐姐，能躲开就不会走近。但怎么自己现在成了这样的人？她很讨厌现在的自己，恨不得把映现自己形象的镜子砸碎了。

咨询师问卫兰：这样的状态是如何开始的？

卫兰说：主管离开以后才这样。她说，之前是普通职员时，性格很温和，人缘挺好。升职后，同事一个个地疏远她，还有人说她是"官迷"。其实，这个主管的位置是老板再三邀请，她才答应出来任职的。从她的本心来讲，她愿意回到从前，有人领着自己做事。

咨询师问：你在怕什么？

卫兰沉默片刻，突然委屈地哭了……

【姐姐是母老虎】

姐姐长妹妹6岁，学业优秀，性格彪悍。在村里她从小就有个外号：母老虎。她的厉害是出了名的，在她的保护下，卫兰和哥哥在村里过得安安稳稳。大人们这样说卫兰的姐姐：老李家老大忒厉害，吵起架来能吃人！人们称其为穆桂英、花木兰，长大肯定特别有出息。卫兰的母亲略带自豪地讲述道。

小学一年级，在全校开学典礼上，姐姐因为上学年表现出色而走上领奖台。而第一天走进校园的卫兰，因为害怕老师、害怕同学、害怕各种各样的状况，做早操的时候尿急也不敢和老师说，直到被老师发现尿了裤子，才哭着回了家。

二年级时，卫兰和母亲回河南老家。因为大人要在老家待一段时间，就让她在当地入学。去了一天，她就不想去了——河南话听不懂，说普通话又被嘲笑。她央求母亲别让自己去上学时，叽叽歪歪的声音被姥姥听到了，姥姥数落道："你可真不及你姐！她像你这么大的时候回来过，上学第一天就当了班长，带着一帮孩子到处疯玩。"

【心灵解读：每个人都带有先天的气质】

在家庭咨询中，我们经常看到姐姐和妹妹性格特别不一样，这让很多人感到困惑：为什么同样的父母，同样的生存环境，培养出来的孩子有如此大的差别？从心理学的角度来看，孩子的性格是后天形成的，但性格的形成和先天的气质有关。

先天气质有四种类型：灵活多变的多血质，冲劲十足的胆汁质，稳定木讷的黏液质，安静忧郁的抑郁质。所以说，孩子从来都不是一张白纸，他们从出生的第一声啼哭开始，就带着先天的气质而来，对后天性格的培养，须在此基础上进行。

一个好妈妈首先必须有一颗敏感的心，能识别自己的孩子的特质，然后慢慢引导。如果孩子木讷甚至有些自卑，那就带孩子去多多交际，鼓励他、赞美他；如果孩子外向坐不住，那就带他静静地阅读，享受一个人独处的时光。总之，要在了解的基础上去引导，同时尊重孩子自己的节奏，慢慢养成良好的性格。

【可爱的爸爸】

姐姐很霸气，家里家外都是，虽然在外能保护哥哥和卫兰，但在家里也欺负他们俩。

卫兰和哥哥可以不听爸爸的话，不听妈妈的话，但必须听姐姐的话，不然会"死得很难看"——比如过家家的时候，她安排你演一棵树就得演一棵树，躲猫猫的时候，说你犯规得重新找，你就得重新找，等等。

不仅如此，姐姐甚至都把妹妹和弟弟当用人了。有一次，爸爸妈妈干完农活很晚回到家，发现长女在床上呼呼大睡，儿子和小女居然在给她洗白球鞋。俩孩子一人一只，眼睛困得都睁不开了。爸爸很生气，直接把白球鞋扔了出去，对两人说："睡觉！"

打那之后，卫兰明白过来：原来这个家还是爸爸最厉害。于是，她慢慢地成了爸爸的跟屁虫。和爸爸在一块可有意思了，他会给自己讲各种各样的故事，还教自己用各种方言"骂人"。和爸爸的互动可以用四个字形容：真实，有趣。

【心灵解读：成长路上的好客体】

每个人在成长路上都会遇到一些好客体。好客体的意思是，能起到积极正向的作用。在卫兰的成长经历中，爸爸无疑成了她的一个好客体，这个好客体的好体现在他对于女儿的靠拢所持有的态度是"不带诱惑的深情"。

所谓"不带诱惑的深情"，是指体现在爸爸和女儿的互动中的深情，是一种保护与期望，而非诱惑与色情。保护与期望是成人对孩子的态度，保护你不受外界的困扰，期望你长成一个有魅力的女人；而诱惑与色情是成人间互动的态度，家庭教育中的反例是，有时候父亲喝醉酒后回家看女儿的眼神，可能不经意间会流露出一些被诱惑的味道。

讲述自己与父亲互动的感受时，卫兰用的词是"真实、有趣"。有了这个互动基础，小女孩就学习到了如何和其他异性互动。卫兰和主管及老板都相处得不错，这就是得益于爸爸这个好客体的陪伴。

【最不想成为你】

卫兰和姐姐的互动其实也可以用四个字形容：小心翼翼。

由于父母都比较忙，很多时候卫兰还是得围着姐姐转。比如说学习，姐姐特别爱管妹妹的学习，她了解妹妹学习中的点点滴滴，包括其小伙伴的班级排名，这一度让卫兰特别苦恼。

考大学时，卫兰特别想离开家，到很远的地方上学，再也不想被姐姐监督着学习了。她如愿以偿，考上外地一所大学。但没想到，自己其实很不适应这种环境。大一的时候，原以为脱离了姐姐会很爽，她却发现自己跟个没头苍蝇一样，没有了方向。很多次，她都希望有个人能告诉自己：事情该怎么做，怎么跟同学相处。

慢慢地，她发现自己的某些做事方式酷似姐姐。比如，她对那些不努力学习的人一百个看不上；对和自己一起搭档做事的同学很苛刻，同学做得不好，她会给人家讲很多大道理……不知不觉，她离那个小心翼翼的自己越来越远了，她成了一名做事干练的女汉子。

有一次，卫兰和姐姐及姐姐的朋友一起逛街，没想到朋友说卫兰和姐姐简直太像了，连说话的语音、语调都像。这话让卫兰大吃一惊，但发现好像她说的还挺对的。卫兰在心里问自己，我怎么会那么像我姐。但她真的一点也不希望像姐姐一样。

【心灵解读：姐妹间的"斯德哥尔摩效应"】

在心理学上有一个效应叫"斯德哥尔摩效应"，意思就是"向攻击者认同"。同时，它也是一种心理防御机制。

卫兰是在姐姐的光环下成长起来的，在她的叙述中有很多对姐姐的"负性"记忆。显然,在妹妹的主观世界中,姐姐是一个"攻击者",但为什么又会向她认同呢?这其实是一种防御——用小痛苦代替大痛苦。小的痛苦是"承认姐姐这么做是对的",大的痛苦是反抗姐姐后的惩罚,即"死得很难看"。卫兰说过,过家家的时候如果反抗,姐姐就安排你演一棵树,躲猫猫的时候说你犯规就得重新找。

这其实也是一种妥协性的适应,妹妹就是在这种妥协性的适应中慢慢长大。一次次地"承认姐姐是对的",然后逐渐把这些"对"认同到自己身上,成为自己人格当中的一部分。

这就是为什么妹妹越来越像姐姐的原因。姐姐的力量足够强大,或者说在妹妹眼中姐姐足够强大,以至于从做事风格到语音、语调都如此相像。

【尾声 & HINTS】

小时候的"向攻击者认同"是一种无奈的选择,随着我们一天天长大,发现有更好的策略,就不会一次次再去"向攻击者认同"。

当然,当外界环境充满未知的时候,人会本能地产生恐惧,这种恐惧会让我们又采取小时候最熟悉的策略去应对，即"向攻击者认同"。

咨询师围绕着卫兰和姐姐的关系进行疏导，当疏通了和姐姐的关系之后，卫兰也就放弃了这种儿时的防御策略，变得更加自信了。

三个月后，她调整好了心态，自信地回到公司，投入到高强度的工作中。

卫兰的故事或许可以帮助我们从另外一个角度去理解一些生活中所谓"强势"的人，这种强势不是天生的，更多的是后天习得的，换句话说，他们也曾被人"强势"对待过。

突然就恐高了

原本总嘲笑别人怕高的悠悠,怎么突然连飞机都不敢坐了呢?

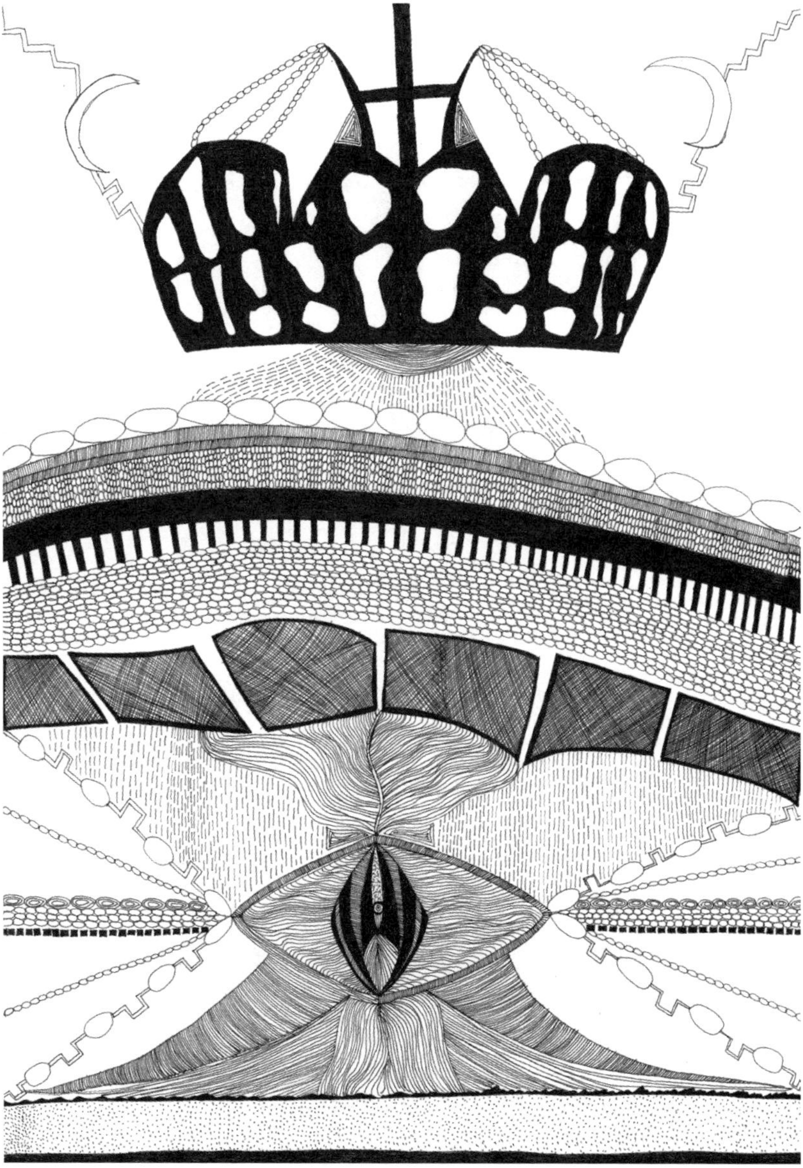

【哐哐的声音】

一上飞机悠悠就觉得紧张，盼着自己赶紧睡着，这样就什么都不知道了。

上个月去欧洲旅游，飞机毫无例外地遇到气流——噩梦又来了！悠悠害怕得紧紧闭上眼睛，呼吸急促，使劲攥住男友的手。途中得知旅行结束回国的航班还要经停，也就是要多飞一次，当时觉得天都要塌了。悠悠干脆跟自己说，掉就掉吧，正好结束你罪恶的一生，哈哈哈——这样似乎倒平静了一些。

可是，悠悠以前明明并不害怕坐飞机呀，她还总是嘲笑那些怕坐飞机的人。

变化发生在三年前的厦门往返。

那是夏天，悠悠和闺蜜结伴去厦门旅游。北京飞厦门的是体型比较小的飞机，闺蜜倒是心大，一上飞机眼罩还没带上，就秒睡了。可大下午的，悠悠怎么也睡不着，就看随身带的一本小说。当时感觉良好，悠悠还准备跟空乘要一杯红酒品尝一番呢。

起飞不久后，飞机遇到气流。起初悠悠没什么不适，有气流是意料之中的事情，哪次飞机不遇气流？但这次不一样，飞机产生了剧烈颠簸，悠悠惊恐地发现，飞机竟然发出了哐哐的声音，就像那种减震系数特别低的破车行驶在崎岖的山路上，本来就颠簸还不断蹭到各种障碍物，比如石头和突然伸出的树枝。悠悠还脑补了一下，这种路的另一侧，通常是万丈悬崖……总之，那动静真把悠悠吓坏了。

到了厦门，美景虽然令她流连忘返，但她总是忘不掉来时的恐惧，对回程也有隐隐的担忧。果不其然，从厦门返回的时候，航班又遇到完全一样的情况，那重复的哐哐声，感觉比去时还要大。

之后悠悠似乎就开始怕坐飞机。近的地方尽量乘坐高铁动车，远一些的地方只能硬着头皮坐飞机，她甚至经常打退堂鼓。唉，明明是去旅游，悠悠却跟遭罪一样。男友只是照例安慰一下，还说：这有什么嘛！

【心灵解读：婴儿时期的毁灭焦虑】

弗洛伊德说，出生是个体经历的第一个心理创伤，从熟悉的"羊水"环境到我们称之为的"世界"，这种环境的变化对婴儿具有巨大的影响，会在心理上造成一种特别原始的焦虑——毁灭焦虑，即我能不能在这个世界中活下来？如果得到了父母及时的拥抱或者其他形式的安慰，比如被一团温暖的小被子包裹，可能便会逐渐消失；反之，便会像一个没有治愈的病症潜伏在内心深处，并不断裹挟更多的焦虑，在未来的某时某刻，当遇到比较强烈的刺激时，就会完全被唤醒。

在厦门往返的飞机上，那个让她感觉难受的哐哐声，也许就是唤醒记忆的触发点。她在婴幼儿时期，应该曾置身于类似的场景。试想一下，一个婴儿听到这样的哐哐声会产生什么感觉？那应该是极度的恐惧，关乎生死的恐惧——恐惧的背后是，我即将被这个声音吞没了，我即将被这个世界毁灭了。那时的悠悠恐怕没有得到及时、有效的安慰，这种焦虑便一直存在下来，在哐哐声响起的那一刻被彻底唤醒了。

这种被唤醒的恐惧如何处理呢？在现实生活中我们会采用回避法，比如不坐飞机，不去面对，以免自己陷入恐惧之中。但在去厦门往返的飞机上，悠悠没有办法回避，身边也没人可以依靠，只有靠自己去克服。也就是说，悠悠选择的是不得不面对，就像文中描述的"掉就掉吧，正好结束你这罪恶的一生"。当悠悠这样想的时候，反而体会到一种平静，也就是说，那一刻，她体会到了这种焦虑，然后正视之，也就处理了这种焦虑。

但这种处理更多的是一种被逼无奈的选择，故效果有限。悠悠后来特别害怕坐飞机，甚至还有了恐高的表现，都说明那场经历其实是唤醒了早年的恐惧，悠悠在飞机上的"正视"也只是缓解了暂时的恐惧，并未从根源上解决问题。

【无法继续的跳伞】

以前，悠悠不恐高，自认为胆量正常。但厦门之旅结束后，恐高症也出现了，还因此发生过一次极不愉快的遭遇。

在土耳其游玩时，悠悠和旅伴们很想坐滑翔伞，后来在海边溜达时，发现了一家经营滑翔伞项目公司的代理点，遂报名成行。她其实更愿意看着小伙伴玩，除了有点害怕，还因为她穿着不适合进行滑翔运动的沙滩裙。但小伙伴们都劝她一起玩，代理点的负责人也信誓旦旦地表示，衣服不是问题，他们负责解决。不忍让大家扫兴，悠悠习惯性地妥协了。

她很清楚地记得，那天自己穿着橘色吊带沙滩裙，脚下踩着还有一丝温热的沙滩。风很大，披散着的长发打在脸上有点疼，也让她看不清前方。

收完钱后，负责人让他们跟其他游客一起乘专车去山顶。

路上,悠悠感到了一丝紧张和焦虑,男友照例安慰了几句。事后男友说,当时就发现她一声不吭,特别不对劲。

好在车上愉快的气氛感染了她。队长通过抽扑克牌为所有成员分配了教练。她很幸运地抽到了队长。队长非常体贴,一下车立刻把滑翔伞专用服拿给她,还细心地帮她从头到脚弄好。

到了指定地点,大家都按队长指令行事,一个教练带一个队员把装备弄好,准备好了就往下跳。遗憾的是,队长几乎顾不上悠悠,只是草草地给她套上滑翔伞,接着又指挥别人去了。起跳地点设在斜坡高点,需从斜坡下方助跑过去。过了高点,另一边其实还是个斜坡。但因为远方是另一座山,视觉上这个斜坡后就是个断崖。看着"断崖",她心里不免发虚。风鼓动滑翔伞带着瘦弱的她往前冲,她不得不靠重心下降来维持平衡……不断往前移动的身体,让她越来越感到害怕。

让她惊讶的是,同车来的,从老太太到小女孩,所有喊着不敢的人包括自己那常年喊恐高的男友,都兴奋地跳下去了,一个个消失在悬崖边。她环顾四周,山顶上除了自己,就剩下三个人,他们正在接受各自教练的安慰和劝导。

这样的场面让她倍感压力。她恨自己为什么会害怕，可她就是害怕，无法抑制的害怕。这期间，她跟偶尔过来看自己一眼的队长表示过不想跳了，对方只是急速劝两句，就又去忙乎了。待指挥完所有的人，终于轮到她跳伞的时候，她说自己真的不想跳了。队长耐着性子劝了半天，未果，便生气了，愤怒地脱下她的滑翔服，指着她说道：跳伞的人都在山下集合，你不跳就别想离开这个山顶!

她站在风里。之前还在沙滩边舞动的裙裾，现在显得这么可笑，就像以前看到有人穿高跟鞋爬香山一样。旁边有司机，还有那三个人。最后，那三个人也按顺序跳下去了。一拨新上来的人正往这边走来。她又冷又害怕又委屈，还感到很耻辱。

或许是司机觉得这女子可怜，他让她坐进车里，把她送下山。后来，她才知道，先前交的钱都是给代理点的，只有跳了滑翔伞，让教练拍了照片，这部分钱才是教练的，所以队长才会那么不高兴。

回到海边代理点，玩得开心的三个小伙伴正在拷照片，分享愉悦的心情。他们当然也对悠悠表示了同情。但在悠悠看来，虽然他们也是克服了恐惧才跳下去，自身难保顾不上别人的感受。但从结果上看,他们都是抛下自己的人,尤其是跳得相对晚的两个小伙伴:一个是早已感到悠悠不对劲的男友,另一个是眼睁睁看着悠悠表示不想下去后被脱了滑翔服的闺蜜。

在餐厅吃晚饭时,悠悠忍不住哭了起来。

她不知道那件事对自己究竟产生了什么影响,但有段时间,她一回忆起来就会哭。现在,偶尔想起来,也依旧非常难受。

【心灵解读:置人于濒死的分离焦虑】

悠悠在这段描述中说,人员越来越少,她的压力就越来越大,这种压力的背后实际是伴随我们成长的另外一种焦虑——分离焦虑。每当分离发生时,必然激起我们婴儿期分离恐惧的潜意识记忆痕迹。分离焦虑虽然不如毁灭焦虑那么激烈,但同样会让一个人体会到一种自我将会丧失的不祥之兆。尤其是当一个人缺乏依附对象时,这种分离焦虑会强烈到置人于濒死状态。

悠悠经历的场景恰恰加剧了这种分离焦虑,甚至到了濒死的状态——原本可以依附的队长顾不上照顾她,男友和闺蜜的先后"抛弃",斜坡尽头是个断崖等,这种孤立无援的感觉会加深对分离的恐惧,同时也会让原本就已被唤起的毁灭焦虑再次袭来，所以她的感觉和体验都极其糟糕。分离焦虑经常会导致严重的退行（指当人遭遇挫折时，放弃与自己年龄及学识匹配的适应技巧，而以原始、幼稚的方法来应对。）以及萌发莫名其妙的敌对情绪，比如悠悠回到酒店之后的反应，这种反应可以看成是"滑翔伞"事件的后遗症。

悠悠还有一个值得玩味的行为，即习惯性妥协。她在海边穿着沙滩裙溜达的时候，原本可以待在沙滩上的，但为何最终还是去玩滑翔伞？悠悠把这叫妥协，实际上这是一个处在分离焦虑中的孩子的习惯性行为，就像一个孩子要离开母亲独自跑去外面，她需要不时地回头看看母亲在不在，然后才能更加安心地跑向外面的世界。悠悠的妥协经常发生在跟随大多数人行动时，为的是获取一个相对安全的环境。但有时这样的环境也并不总是安全的，这时的悠悠就会处在进退两难的境地，一如在山顶上的时刻。

在日常生活中，需要给悠悠更多的耐心和时间去适应这种分离，比如男友更为细致体贴的鼓励，朋友足够温暖的安慰等，良好稳定的亲密关系对悠悠特别重要，能让她体会到安全感，之后就可以按照自己的心愿做更多富有挑战性的事情了。

【过个桥竟然像逃命】

滑翔伞毕竟是挑战勇气的项目,有点害怕似乎也说得过去,但后来她连过个毫无危险的桥都会害怕。

在西班牙一个山涧之上的人行桥上,为了快点结束恐惧的感受,悠悠朝着桥的末端,不说话也不回头,屏息快速通过。那是个相当稳当的桥,固定得非常牢靠,桥面铺的木板无一丝缝隙,如果不往两侧探头,根本看不到桥下幽深的山涧。

道理悠悠都明白,可一旦走在上面,就是觉得极为难受。尽管同行的小伙伴也表示紧张害怕,但他们可以一边说话一边拍照。悠悠的男友依旧是一边喊着恐高,一边高高兴兴地过桥。悠悠知道,他们所谓的紧张害怕,不过是在正常的程度内,远没有自己紧张的程度高。悠悠郁闷的是,去厦门旅行之前,自己明明走过高悬在江上晃晃悠悠的大渡河铁索桥啊。当时虽然也害怕,但心情是欢快的,完成后是自豪的。

滑翔伞和过桥这两件事还有个共同特点,就是做计划的时候,悠悠完全知情,但并不觉得害怕,甚至还带着期盼,直到接近的时候,她才意识到自己的恐惧。男友跟悠悠完全相反,每次喊着恐高,看着是真害怕的样子,但哪个挑战性项目他都没落下,甚至还是带头完成的,这种戏剧性的对比更让悠悠觉得郁闷。悠悠曾跟男友表示过不满,他却觉得完全不能理解。

现在,每逢集体出游,想着要坐飞机及必然有一些登高项目,她都很担心自己拖大家后腿,那种不安会一直持续到行程结束。

【心灵解读:和竞争有关的超我焦虑】

焦虑的第三种形式是超我焦虑。这种焦虑和竞争有关,悠悠在过桥时看着同行的小伙伴拍照留念,有说有笑,而自己却陷入一种紧张害怕之中,而且这种紧张害怕并不在正常范围内,这让悠悠体会到一种自己不如别人的羞愧感。同时联想到之前那个勇敢的自己,更加强化了羞愧感,当羞愧感积累到一定程度时,她会经常体会到一种"自体的破碎感",正是这种破碎感,让她越来越想逃离,也就是悠悠所说的"逃命"。

如何帮助悠悠找回曾经的"完美感"?——虽然害怕,但完成后是自豪的,心情是欢快的。答案是"共情"——在每一次害怕和恐惧袭来的时候,旁边能有一个人给予共情式的理解。这种理解不是来自"道理我都懂"的理性层面,而是在情绪层面能够懂得,即能够感受她的情绪,同时替她用语言把情绪描述出来,并且陪伴她一起面对与度过。这是咨询师经常做的工作，也可以由亲密关系的另一半来完成，这样的共情具有治愈作用。

【尾声 & HINTS】

毁灭焦虑、分离焦虑、超我焦虑是特别常见的三种焦虑，可以说，每个人在生活中都在经历着，它是我们生命的一部分。

该如何面对？我们把它当成一个信使，体验到了就去了解它，然后正视它，接纳它。悠悠在厦门往返飞机上的那个"反转"，其实能给我们一些启示："掉就掉吧，没什么大不了的！"如果这句话是发自内心说出口的，就会让我们的焦虑得到缓解，甚至会产生治愈的作用。

由此可见，焦虑并非全是负能量，适当的焦虑是做事的动力，而去深切地感受焦虑，能帮助我们更清晰地发现未知的自己。那些关于毁灭、分离、超我的主题，其实是伴随我们一生的，认识自己也是一生需要进行的事情。

就爱刨根问底

明知答案可能是残酷的,何必还要去问呢?可她就是想知道。

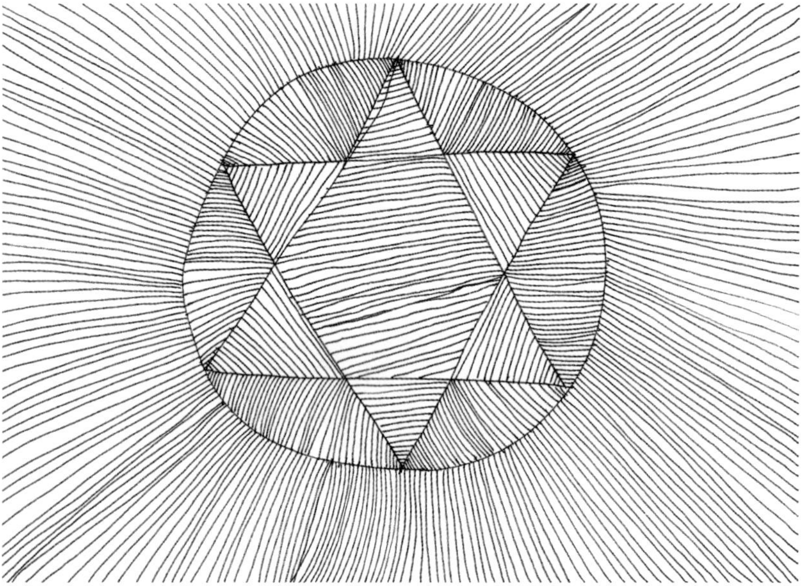

【分数之谜——我到底多少分？】

大学毕业之后，立欣在一家英语培训机构做文员。

老板对员工很好，在一次聊天中，立欣说自己非常羡慕某位英语老师，希望将来也能和她一样。老板说，那有机会就试试吧！

立欣以为老板只是随口一说，没想到一个新班的网络课真的安排自己去讲。

立欣特别紧张，还生了病，就这么着勉强上了网络直播平台，祈祷自己能过关。平台的学生很多，一个问题接着一个问题，完全打乱了她之前准备好的讲稿。立欣觉得自己就像个救火队员一样上蹿下跳，看上去很忙，但好像每个地方的火都扑了一半，最终也没能让一切恢复平静。

忐忑中结束直播，立欣等着暴风雨的来临——每次直播后都有学员打分。她估计自己的分数一定惨不忍睹。然而，该来的暴风雨并没有来，等来的却是老板在微信群的大加鼓励和赞赏，老板说立欣生病了依然带病坚持，精神可嘉，称得上是一位好老师。

看到这些话，立欣心里直犯嘀咕，自己的分数到底是多少？难道讲得还不错？或许是自己太敏感了？

两天后，她在微信群看到怪异的一幕：课程顾问小赵在向另一个老师要课件。咦？眼疾手快的立欣发现，课件的标题，不正是自己刚刚讲过的内容吗？正想看个究竟，课程老师却把信息撤回了。

什么意思？立欣私信小赵，开门见山地问道："为什么李老师还要讲一遍？不是刚刚讲过吗？"小赵却一直没有回复。直到第二天上班，她再次找到小赵，对方的眼神有点躲，然后悄悄把她拉到一边："对不起，对不起，老板不让告诉你，你的课上完之后，学生闹腾得不行，合作方提出换老师重讲，所以……"

她看着小赵，很认真地问："告诉我分数！学员到底打了多少分？"

"一定要说吗？"

"嗯！"

"6.5。"

满分是10分，6.5实在是个很糟的分数。她看着小赵，有点想哭，按说应该是伤心地哭，但其实却是感动得想哭——因为，虽然这个分数低得让人难以承受，但这好像是她第一次明明白白、清清楚楚地得到了一个真相。

可是，还有太多的真相需要知道。她真的很焦虑。

【身世之谜——我是捡来的吗？】

三年级的时候，立欣和同学小胖打架时，小胖说立欣是从垃圾堆捡来的。

立欣听到这话一愣，难怪——

在这之前，立欣一直都颇为疑惑，感觉自己和这个家有许多不解之谜：爸爸妈妈是地地道道的回民，可是——为什么自己从小要上汉人的学校，而不是像哥哥姐姐一样上回民小学？为什么家里举行的斋戒从来不让自己参与？为什么哥哥姐姐有专门的经名，而自己没有？

妈妈总说："你一个小孩子家家，不用管这些。"

"但别人家的孩子怎么也去做礼拜啊？"

"别人家是别人家，再说了，他们哪有你学习好？"

"哪有？我都不和他们一个学校，你怎么知道？"

"我就是知道，快写作业去，小孩子家家，哪那么多话！"

小孩子家家，这是立欣听到最多的回答。

而且立欣还有一个发现，她和家人长得都不一样，或者说自己和整个社区的人长得都不一样——他们个个高高壮壮，而立欣却很瘦小，一副弱不禁风的样子。

你是捡来的！你是捡来的！你是捡来的！

打这几个字从小胖嘴里说出来后，立欣就开始查询自己的身世。

她从户口本入手，还找社区里的大爷聊天，企图套出点有价值的话。但她发现大家有意识地回避，还有人在背后指指点点，这更加加深了她的怀疑。只是不敢往下查了，怕爸妈知道了会伤心。

"我是不是捡来的？从哪里捡来的？谁把我捡来的？什么时候捡来的？我身上有没有信物？……"这些问题天天困扰着她。

【生死之谜——姥姥去哪了？】

立欣在寻找答案的过程中长大了，她考上了镇里唯一的一所中学。

镇子离家远，中学又不能住校，这该怎么办？

姥姥在镇上有一套房子，一直让亲戚住着。一直疼爱她的姥姥愿意陪住。就这样，她和姥姥去了镇上，一住就是6年。

高考还剩两个月时，姥姥说她要回去办点事。之前，她也经常回去办事或者给立欣取衣物，留立欣一个人在镇上。立欣没当回事，就应了一声。只是姥姥就再也没有回来，对，再也没有回来！更确切地说，立欣再也没能见到亲爱的姥姥。

高考结束，立欣兴冲冲地跑回家，想着要像以前一样跟姥姥好好汇报汇报。只是，迎接她的已然是姥姥的遗像。

"姥姥哪里去了？病了！病了为什么不告诉我？为什么事先没人告诉我？"

立欣崩溃了！她闹翻了天。

我要姥姥，我要姥姥，我要姥姥，哪怕跟我说几句再走呢？

等她渐渐平静下来，姐姐告诉说，姥姥回来后有点发烧，去医院看病，竟查出来是肺癌晚期。因为怕影响她的学习，家里人就隐瞒了情况。

可是为什么好好的一个人就这么没了？

接下来的一个月里，她查寻各种与姥姥病情有关的书，希望找到医治办法。然而，每查一次，她的心就痛一次。立欣病倒了。妈妈哭着说，乖，咱不查了，姥姥已经走了，她没受罪，咱就认了吧。

立欣看着两鬓斑白的妈妈，说不出话来，只好哭着点了点头。

可是，"姥姥生前到底痛苦不痛苦？她口渴不渴？

我这个她最疼爱的外孙女,她有没有话想对我说,还有,我是不是捡来的这个问题,我都还不知道啊!"这些问题,她该去问谁呢?

【心灵解读:在幻想与现实之间】

立欣的经历诠释了心理学中的一个主题:幻想与现实。每个人早期都有一个幻想的世界,幻想自己是无所不能的,幻想自己是宇宙的中心,于是奥特曼、超人等动漫形象深入人心。但随着开始接触现实社会,发现超人也有搞不定某些事情的时候,就会体验到一种挫败感,我们将此称之为"恰当的挫折",这一挫折帮助我们从幻想世界向现实世界过渡。

在这个过渡中,游戏会起到很大的作用。从心理学的角度来讲,游戏是一个连接幻想与现实的中间地带,小孩在游戏中创造一个属于自己的世界,在这个世界中,他可以把想象中的情境和现实世界中的一些事物联系起来。立欣和同学小胖打了一架,小胖说立欣是捡来的孩子。小胖并不清楚这句话带来的后果是什么,这句话更倾向于幻想的一边,但在立欣的世界中,这句话更倾向于现实的一边,于是她很自然地会用现实的方法去对待,比如"从户口本入手、去找社区的大爷聊天"等。

但在面临现实时一定会遇到挫折，比如大人的刻意隐瞒，回避等，这些行为背后的态度其实也是挫折的一部分，相对于立欣面临的对生命本源的不可知，这个挫折似乎有点难以承受。"我从哪里来？"这个问题我们很多人不会去考虑，因为它很明显，我长得像爸爸或是像妈妈，很自然的，我就是他们的孩子，但立欣在这个过程中，体验到的"不像""不一样"的地方更多，于是也就引发了她对自己身世的怀疑。

当她在现实世界中始终没有得到一个确切的答案时，应该怎么办呢？只好退回那个幻想的世界中去，幻想自己是某某某的孩子，他们当时发生了什么样的事情，导致自己现在在这个家中。这些幻想有时是美好的，比如"我是某个国家的公主"；有时又特别可怕，比如"我太烦人了，爸妈不要我了"。这种"摆荡"和"纠结"，即使大人都很难处理，更何况一个孩子。

在心理学视角下，接受现实的过程其实是一个哀伤的过程。这个现实包括"你从哪里来"可能就是一个谜，姥姥有些话想说却就是没说；尽管很想当老师，就是能力还不具备；等等。认识现实的过程也是认识自己的过程——从幻想自己无所不能到真切地体会到自己的局限，自己的无能为力。

这一哀伤的过程也是一个发现自我的过程，是发现个体脆弱、生命脆弱的过程。姥姥的去世把这样的内心体验赤裸裸地放到现实当中，现实的事件、现实世界的体验，尽管很难接受，但这是绝望中的一丝希望——真相尽管残酷，但却会让人踏实。

我们有时候会被真相的残酷吓倒，这个害怕可能更多的是从旁观者的角度来看的，而作为当事人的立欣在得知学生给自己的评分不高的时候，感受到的更多的是一份坦然，这说明她已经能够从现实世界中触碰到更加真实的自己——这个真实的自己，拥有一份强大的力量来支撑现实世界中的自己。

【尾声 & HINTS】

有时候，真相并不可怕。就像得知学生给自己评分不高的时候，就像后来她知道自己的确是领养的……虽然真相很残酷，但立欣感到无比踏实。

可怕的是活在猜测中，那会让人焦虑不安。

立欣最后说，现实的生活才是我向往的，真实的自己才是我追求的，请不要保护我，让我活在真相里。至此，立欣勇敢地从幻想走向现实。

不被回应的痛

男友突然消失了,艾薇沉默了好几天,很多时候手都在发抖。

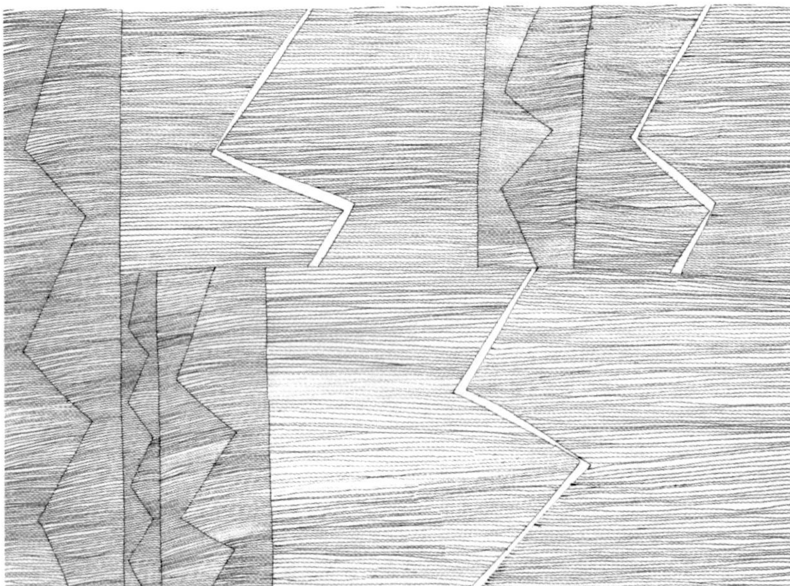

【孤单的独角戏】

工作第一年，艾薇有了男友。他是她的上司，帅气且有学识，年纪轻轻就做到了公司中层。艾薇很崇拜他，当上司提出跟自己在一起的时候，艾薇简直有种中奖的感觉。只是甜蜜的感觉很短暂。男友开始跟她约会，适逢五一小长假，他们去郊区游山玩水。假期一过，男友提出这段办公室恋情要隐秘进行，否则影响不好。

艾薇很想问问具体会有什么影响，起码公司并没有明文限制同事之间恋爱。也许自己不够优秀，他怕其他女同事不服气？也许自己不够漂亮，不值得介绍给他的朋友？也许自己不够贤惠，他还不想带给他的父母看？

艾薇明显感觉到，假期之后，男友对自己的态度似乎变了。他掌握了绝对的控制权。是否要一起吃饭、见面，完全看男友的态度：他想见面，艾薇就不能有别的安排；如果他要改时间，艾薇就只能服从。

尽管心中充满无限疑惑，但艾薇知道问了也不会有答案，于是选择了沉默。她安静地待在自己的工位上，安静地看着男友忙碌，安静地观察他办公室里的来来往往。

艾薇很想在他需要的时候帮上点什么忙。但每次尝试靠近，男友就提醒她保持距离，还斩钉截铁地说："好好待着，如果我需要，自然会来找你，没事不要过来添乱，那会让人觉得讨厌……"听着这话，她感到别扭、难过。

两年了，艾薇深深地感受到自己在亲密关系中的无力感。每次靠近之后，就是无尽的挣扎，然后远离。很多时候，艾薇觉得自己在演一出独角戏，没有观众的独角戏，没有回应的独角戏，就像许茹芸唱的："在这孤单角色里，对白总是自言自语，看不出什么结局。"

【心灵解读：一段奇怪的亲密关系】

经常有人问，什么样的亲密关系是好的？什么是不好的？或许从艾薇和男友的关系中可以看出一些端倪：亲密关系是双向的、互动的，而不是一个人的独角戏，即使是独角戏也需要观众、需要回应。

艾薇觉得自己在演一出没有观众的独角戏，只是这出独角戏怎会一演就演了两年。这亦是她与男友互动出来的结果，两年了，艾薇的男友是另一出独角戏的主角，不同之处在于，他有很多观众，艾薇只是其中一个。

也许有人会说，亲密关系中需要崇拜和欣赏啊，这样我才能认定这个人，和他步入婚姻殿堂。这话没错，但欣赏和崇拜的同时更需要理解，而且是相互的理解与欣赏。的确，艾薇通过观察也会对男友有一定的理解，所以这段关系能持续两年，但这种理解一不充分，二没有传递给对方。

由此我们要说：双向、互动是亲密关系中不可或缺的元素。

【专注的原因】

两年了，艾薇觉得自己对于男友就像个局外人。在那些没有回应的日子里，艾薇只好不断充实自己，有时间就参加培训，工作上也更加努力钻研。一位领导评价她："看你做事是一种享受，你做每个项目都投入其中，这也是你进步飞快的原因。"当时艾薇没有回答，心里默默地说，哎，您哪里知道我如此努力和专注的真实原因。

一次，艾薇偶然抬头看见镜子里的自己，突然觉得跟一旁家庭合影里的妈妈非常像。那个不回应自己的妈妈，也总不跟自己互动，是不是她也有过什么创伤？

渐渐地，艾薇在业内有了名气，不止一家公司想高薪挖她过去，她都没有动心。她真正希望的是，男友作为直接上司，能够欣赏自己——就像她一直欣赏他的才华与学识一样，她更希望有一天自己能更好地帮到他。

【心灵解读：付出就有相应的"回报"】

确切来讲，没有回应的"独角戏"只发生在艾薇与男友的互动中，在工作和学习中，艾薇还是很能得到他人正常的回应和肯定的。

和谈恋爱相比，艾薇觉得自己在工作和学习上一直都比较顺，付出精力就会有相应的"回报"，真的一点都不难。如果我们把回报比作回应的话，学习和工作就是能够给予她及时回应的东西。

艾薇从小就善于学习，在跟咨询师的交流中，她说自己小时候爱玩拼图和积木，有时一玩就是一天，觉得特别有意思。那些图案在她眼中像"活"的一样，好像有无限魅力。她发现妈妈也是一样，看报纸、纳鞋底，拿起来就会专注其中，能干很久。

这样的专注力让艾薇取得了好成绩，只是她从来没有想过为什么自己可以如此专注，也没有想过妈妈为什么可以如此专注。

别的公司想挖走她，她并不动心，其实限制她的恰恰是情感上的不回应，正如一个小孩子问妈妈：妈妈，我能出去玩吗？如果母亲没有回应或回应不及时，就会限制她向外迈出的脚步一样。

打破这种限制，还需要从解开情感上的不回应开始。

【男友失联了】

有一天,男友突然离职了。有人说他跳槽了,有人说他创业了。艾薇突然感到很窝火,自己就像个笑话,对于男友一无所知,有这样谈恋爱的吗?对方的各种联系方式也一如既往地沉寂——死一般的沉寂:手机,没有回应;微信,没有回应;短信,没有回应;QQ,没有回应……能想到的方式都用了,但没有回应。

过了几个月,一天早上,男友终于在微信上回复了几个字:忘了我吧,我在国外,不回去了。

"你大爷的!" 艾薇真想把对方揪过来说出这四个字。

整整一天,她的眉头就没有舒展过。工作怎么也投入不进去,时常走神;茶饭无思;无法入睡……接下来的几天,她的精神状态一直如此。

【心灵解读:"未完成"的心愿】

在男友消失之后,她走进了咨询室。

咨询师发现她对沉默特别敏感。

那是一种在等待的状态,让人看着都揪心。明明已经很难受了,依然不说话,有时候甚至能看到她的手在发抖。这个表现让人想到了她和男友的互动,交往两年,她更多地觉得自己是在演独角戏。她在咨询室里的沉默，似乎就是在演独角戏时的姿态，内心充满了无奈与挣扎。恋爱原本是两个人的事情，怎么就能答应男友要自己做"地下情人"般的要求？

当咨询师把这些沉默中的观察反馈给艾薇时，她含泪说："我以为我可以改变他！"咨询师加了一句话："一如你当初想改变妈妈，让她对你有所回应一样！"

艾薇的妈妈，就是一个对女儿凡事都没有回应的人。艾薇其实是把对妈妈的感情移情到了男友身上，也就是说，艾薇和男友的互动一直带着这个未完成的心愿——让妈妈有所回应。遗憾的是，最终这个男友也像妈妈一样，用不回应一次次推开艾薇，甚至最后干脆消失了。

咨询师试图去创造一个能够给予艾薇及时回应的环境。咨询师在沉默之后向艾薇解释了自己沉默时的思绪，慢慢地，艾薇也会说自己在沉默时是怎样的一个状态——这个互动对于艾薇特别重要，她慢慢地开始关注沉默背后的动机和想法，不再陷在沉默中手足无措。

【妈妈的心愿】

打从记事起，艾薇眼中的妈妈就是安静的，总爱看看书、看看报纸什么的。艾薇也很安静，没事就抱着哥哥哥姐姐的课本来看。虽然那时压根儿就不识字，但她觉得每当自己拿起书的时候，安静的妈妈是有反应的，那个反应叫"欣赏"，于是艾薇知道：书是个好东西，妈妈喜欢，我也喜欢。

再大一些，上学了，但她很不适应学校生活，不爱说话，或者说不敢说话。她知道妈妈有一个未完成的心愿：考大学，成为大学生。那是妈妈的心愿，也是她的，于是艾薇全神贯注投入学习。

小学三年级时，有次艾薇做作业做到很晚，实在写不动了，便停了下来。她好想去睡觉，但有点犹豫，大概是怕妈妈不高兴。艾薇记得那个晚上，她看着自己的手，突然发现中指有点怪怪的——握铅笔的地方起了一层茧，呈凸起状，闪着被摩擦了很多次的亮光。艾薇像发现了新大陆一般跑到妈妈身边，兴奋地说道："妈妈，妈妈，你看，我的手指都变形了，我也有你脚上那种老茧了……"一边纳鞋底一边听小说的妈妈"哦"了一声，继续沉浸在自己的世界里。艾薇竖着中指，有点不甘心，妈妈瞟了一眼，说了句："噢，没事儿，快去写作业吧。"艾薇只好离开，一边移动步子，一边扭头看着妈妈。当时的艾薇想，妈妈听得好投入啊，我不能打扰她。艾薇又安静地坐了下来，坚持把作业写完。

【心灵解读："同呼吸"在母婴关系中的意义】

"同呼吸，共命运"这种情怀最早可能来自婴儿和母亲。试想一个场景：婴儿睡醒一觉，周围特别安静，只有自己和母亲的呼吸声，这种呼吸声被婴儿感觉到，会觉得很安全。因为这给了婴儿一个信号，自己和母亲一样，是可以在这个世界上活下来的。这就是"同呼吸"的意义，婴儿和母亲的命运连在了一起，这也是最原始的连接。

心理学家温尼科特有一个观点："从来没有婴儿这回事儿！"也就是说，当你看到婴儿的时候，一定同时看到了照顾她的母亲。这点在艾薇身上也很明显，她的安静、爱读书，和妈妈的安静、爱读书，就是双方互动出来的结果。她可能在妈妈面前做过很多事，但发现妈妈对爱读书这件事的反应和其他事情不一样，那个反应叫欣赏，于是艾薇也就渐渐发展出来了爱读书的特性。

但是，这个互动太过单一。小孩子的世界是很丰富的，这个丰富表现在妈妈围着小孩转，以其为中心，同时还有很多人也围着这个小孩转，孩子能从不同的人当中得到回应。而艾薇的童年，母亲是唯一的照顾者，而且很多时候，妈妈顾不上围着她转，于是艾薇只能围着妈妈转。这个互动模式也体现在艾薇与男友之间，她围着男友转，以男友为中心。

【妈妈依然很安静】

几年后,艾薇上了初中,成绩优秀,艾薇觉得自己离实现妈妈那个"考大学"的心愿越来越近了。中考结束,艾薇各项成绩几乎都拿到了满分。"这下妈妈该表扬我了吧",艾薇拿着全年级第二的成绩单兴冲冲地跑回家。

妈妈在家,像往常一样在安静地看着报纸。艾薇喊道:"妈妈,这是我的中考成绩,你看看嘛!"艾薇不知从哪里学来的撒娇的本事在此刻派上了用场。妈妈终于抬起了头看了看成绩单,但并没有像艾薇期待的那样接过去,也没有女儿想象中的高兴劲儿,只是简单地说了两个字:"嗯,好!"就低头继续看她的报纸去了。艾薇不死心,鼓足勇气说:"妈妈,我考了年级第二,升入本校肯定没问题!"妈妈继续看报纸,回了一个字:"嗯!"

这个"嗯"似乎有一种终结的魔力。从那一天起,艾薇突然觉得疲倦极了。为了妈妈的愿望努力了这么久,竟没有一点回应,自己似乎一直在冷宫里生活,妈妈的心是冰做的吗?

【心灵解读:本该完成的"镜映"】

为了让妈妈回应,艾薇尝试了各种方式,比如努力学习完成妈妈的心愿,比如给妈妈看老茧。可以想象,艾薇一直渴望与妈妈的连接,这种连接是一种本能,具有最原始的力量。直到中考,当艾薇拿着年级第二的成绩单走向妈妈的时候,这种本能的力量是巨大的。但当这股巨大的力量没有被看到和接收到之后,就对她造成了很大的创伤,艾薇用冷宫来形容这种心理上的创伤。

在一个人的成长中,母亲及时恰当地回应非常重要,心理学上把这个回应称之为"镜映":即孩子开心的时候,母亲能像镜子一样也特别开心;孩子悲伤的时候,母亲也能够感受到他的悲伤。这样的互动会给孩子一个情绪的确认。类似的确认还有很多,比如孩子向外走的时候,母亲给予鼓励的目光,于是孩子确认接下来还可以再迈一步,这种确认会让孩子越来越有自信,越来越敢于表达自己。但幼年的艾薇,妈妈是唯一的照顾者,本该完成的镜映没能完成,安静的性格使得她在其他人那里也没法得到满足,于是日积月累造成了"被打入冷宫"的创伤。

客观地讲,艾薇也从母亲那里传承了一些好的品质,比如不急不躁的性格、做事投入的专注力等。但当一个孩子只关注到她创伤的部分时,她是没有办法看到全面看待"共命运"这件事的,就像文中的艾薇一直耿耿于怀于妈妈的"不回应",一次次想要纠正妈妈,一次次受挫,那种本能的力量使得她即使被打入"冷宫",也依然想着去和妈妈连接,这是很多母女关系的情结。这种"情结"在她和男朋友的交往中再次显现,于是,当男友消失,艾薇便无心工作。

咨询师鼓励艾薇去了解母亲,告诉她,那个阶段的母亲一定有什么难处。

【尾声 & HINTS】

男友失联后,艾薇从一开始的沉默、发抖、想骂人,慢慢平静下来。

若干天后,艾薇终于破天荒地选择了不再回应,她毫不犹豫地删除了他的微信。当按下删除键的时候,艾薇突然觉得背部轻松了很多,像卸下了重重的壳一般。

艾薇似乎突然明白,自己的妈妈也许也是受到了类似的创伤,才会对自己如此冷漠,对家庭之外的事情如此专注。艾薇了解得知,父亲常年出差,照顾几个孩子的重担全都落在母亲一个人身上。那个年代通讯不方便,母亲无论开心还是难过,或者家里有事要跟父亲商量,总是联系不上父亲,得不到父亲的及时回应。于是,不知不觉的,母亲把自己和丈夫的相处方式用到了和孩子的相处上。

艾薇突然很想给妈妈打一个电话,想回家抱一抱妈妈。

每个人在成长路上都可能有某种情结,母子之间、父子之间,关系的维持不可能只有阳光没有黑暗。我们都是带着误会长大的,我们也都或多或少背着早年限制自己的枷锁前行。不妨去探索一下,当有一天解开了亲密关系中的情结,你会发现,套在身上的不过是一副纸枷锁。

一考试就哆嗦

哪个学生还不是从一次次考试熬过来的,怎么都大三了还害怕考试,甚至夜不能寐。

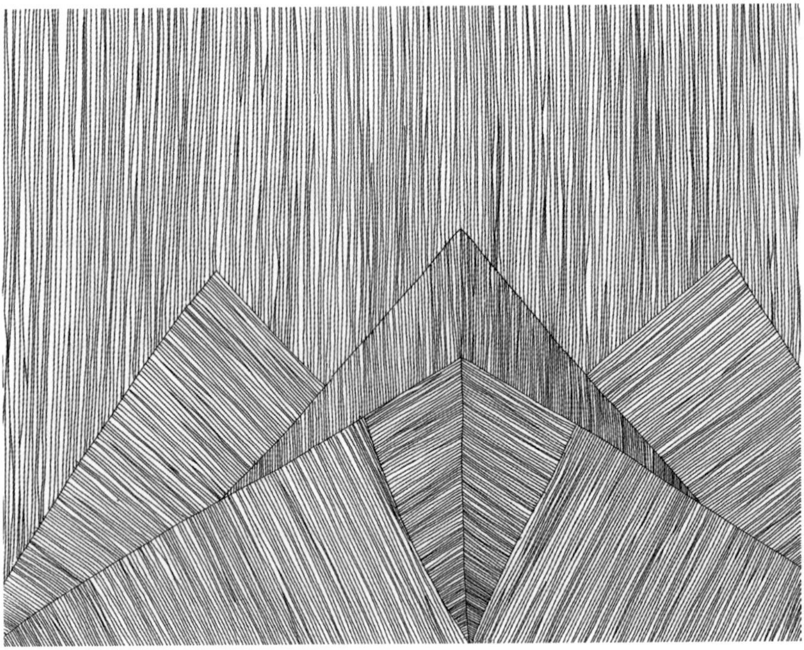

【天哪，又要考试了】

每次离考试越近，状态就越不好，临近四级考试的明蓝，每天都昏昏沉沉的。

大三了，同学们大一大二就过的英语四级，她却还没有过。眼看着四级又要考试了，明蓝又着急了，特别担心自己考不过。她几天都睡不好，即使困得不行也睡不着。明明打着哈欠，躺在床上就是睡不着，人整个陷入极度疲惫之中。如此恶性循环下去，考试可能都会打瞌睡……她不知道该怎么办。

上大学都经历了不少考试，跟中考、高考比起来，一个四级算什么！有什么好紧张的呢？说起以前的考试，明蓝根本不想提，对于她来说，所有的考试都让自己焦虑，越重要的考试焦虑越严重。

中考时，由于之前休息不好，免疫力下降，明蓝发烧到39度。坐在考场，明蓝的脑子都是懵的。结果可想而知，最后勉强考上了本地一所普通高中。妈妈和姐姐都为她感到遗憾，她本来是能考到市里念书的。明蓝在学习上一直都很刻苦，家里对她也很支持，家务都让姐姐做，只希望她能考个好大学。

不过，明蓝心里觉得学校离家不远，挺好。

【心灵解读：焦虑容易传染】

明蓝一进咨询室，咨询师就能感受到一种坐立不安的焦虑。尤其是，当谈起即将到来的英语四级考试时，她的语速特别快，一个劲儿地问：老师，怎么办呢？怎么办呢？四级考试就像压在背上的一座山，她都要被压垮了。

面对这样的焦虑，咨询师必须要有涵容的能力。也就是说，明蓝的焦虑被咨询师感知到了之后，咨询师可以消解一部分，然后再以一种相对比较平和的方式反馈给她。这样来来回回多次之后，她的焦虑就会有所下降。慢慢地，她也能够涵容焦虑，逐渐以一种平和的心态面对曾让自己特别焦虑的事情。

【树林里的朋友】

高考备考时，明蓝的情况也很糟糕。高三简直太痛苦了，从模拟高考开始，考前紧张，考完难受，总之没有心情好的时候。有一次，她一个人躲在校园小树林里啼哭，一个关系不错的同学无意中看到她，两人就聊了起来。同学说她也挺害怕高考的，尤其怕考不上要复读。明蓝觉得对方简直说出了自己的心事：就自己这样的心理素质，只可能越考越差，但又打死都不想复读。在明蓝的印象中，复读生就像考试机器一样，还要被其他人嘲笑，这是她无论如何也受不了的。为了战胜这种恐惧，两人约定，每周都来小树林说说话。

她们通过信件交流，每月至少互通一个来回。好友在信中会介绍自己用来消除紧张的方法，比如每天睡觉前和醒来时，她都对自己说："我是最棒的，我一定会考上我心仪的大学。"回忆起来，明蓝挺感谢那个好友，要是没有对方，她真不知道自己能不能坚持下去。高考前一天，明蓝还在给好友写信，信写完了，明蓝心里特别踏实。高考比中考顺利多了，她如愿考入大学。

进了大学之后，噩梦却仍在继续。英语四级一直压着明蓝：第一次考了58分，第二次56分，第三次55分……越考越差。老师很纳闷，明蓝平日英语挺好的，为何一考试就一塌糊涂？同学们安慰明蓝说，就差了一点点，补考没问题。可明蓝心里明白，自己会越差越远。

焦虑了这么多年，她也曾想法克服。在网上查过许多资料后，她感觉没什么用：道理我都懂，但就是做不到。

【心灵解读：能够涵容焦虑的陪伴者】

说到高三时的朋友时,她的语气终于缓和下来,语速也明显减缓了。她说,她们现在关系依然特别好。今年她过生日的时候,朋友还从外地寄来了礼物,是亲手用木棍制作的一个房子模型,她感觉工艺复杂,需要花费很多时间和精力。她称赞这个朋友最大的特点是耐心,特别有耐心。

听到这里,咨询师都不免有点感动。在高三那样重要的时刻,身边有这样的朋友,实在是明蓝的幸运。因为这个朋友身上有一种"涵容焦虑"的特质,能够帮助明蓝缓解焦虑。

通过谈论这个朋友,明蓝发现自己这两年有很多地方被朋友影响,比如她也试着去做一些手工活。她觉得做手工时,整个人是投入的,有时会忘了时间,一做就是两三个小时。遗憾的是,为通过四级考试,她暂时只能把这个爱好放下了。

在咨询师的建议下,明蓝决定捡起这个爱好。因为爱好可以帮助我们放松心情,发展兴趣和爱好,可以有效应对焦虑。

咨询师由此推断,这样能够涵容焦虑的陪伴者正是明蓝一直缺少的。

【爱哭的孩子】

明蓝小时候爱哭，在妈妈和姐姐眼中，她是个特别胆小、特别没出息的孩子，特别是遇到考试的时候。

有一次，明蓝考完试挺不开心的，觉得自己又没有发挥好，回到家就谁也不想理。她听姐姐悄悄地对妈妈说："唉，她就是不能扛事儿，又不高兴了！"妈妈好像也偷着笑了笑。明蓝听了特别难受：你们怎么这样啊，不安慰就算了，还瞧不起人！从那之后，明蓝就很少在姐姐和妈妈面前哭，特别想哭的时候，就自个儿蒙在被子里哭。

在明蓝的印象里，最早一次伤心地哭，可能在三岁多的时候。她听妈妈说，那时家在农村，大人要去地里干活，有时走得挺早的，走时明蓝还在睡觉。明蓝隐约记得，自己醒来的时候，家里一个人都没有，那种安静让她特别害怕。于是明蓝就哭，一直哭，直到父母回来。妈妈说，经常从外面大老远地就听见明蓝在哭，赶紧跑回来抱着哄一会儿，没想到越哄越哭。有时候，妈妈拿明蓝没有办法，就干脆把明蓝放到床边，让她自个儿在那里哭会儿。看到妈妈不理自己，明蓝也就慢慢不哭了。妈妈后来就经常用这方法，让孩子自己哭，明蓝哭着哭着就睡着了。

妈妈经常提起，有一次她和丈夫干农活回来，一路上竟没有听到明蓝哭，她还挺纳闷的。丈夫说，估计孩子长大了，会自己玩了。结果到家一看，孩子不见了！当时她就吓坏了，满村找，后来在邻居家找到了。邻居家有个大哥哥才从外地回来，大清早听到明蓝哭，实在不忍心，就从墙头爬过来，把明蓝抱到自己家。等妈妈找到明蓝的时候，她特别乖地躺在那儿吃手。直到现在她仍有吃手的习惯，考试时，她会不自觉地把手放在嘴边；老师上课叫学生回答问题时，她也特别想吃手。

【心灵解读：藏在焦虑背后的"我"】

焦虑是一种特别常见的情绪，但藏在焦虑背后的"我"都不一样。咨询中，一个重要的目标是找到"我"焦虑的根源，认识到"我"焦虑的根源。很多时候，怕考试只是表象，有的人会因为害怕考不好而焦虑，有的人会害怕考上了要求会更多而焦虑，而明蓝的焦虑，更多的和考试时的氛围有关。

其实，明蓝的焦虑源和分离有关。心理学上，焦虑是一种从四面八方包围过来的感受，这种感觉在明蓝身上的表现，就是一觉醒来，周围那种安静会让她特别害怕。这种安静会带来更深层的死亡焦虑，也就是说，三岁的明蓝感觉自己要被这种安静吞噬了。"吃手"是一种缓解焦虑的方法。通过吃手，她感觉到自己是"活着的"，能够暂时应对那种被安静吞噬的感觉。

这种被吞噬的感受，会被类似考试那种安静的环境激发。比如明蓝提到过的老师上课叫学生回答问题的时候，那个点名的时刻是她特别害怕的，她时常有大祸临头的感觉，内心非常紧张。

在咨询中，咨询师和明蓝都不说话的时候，一种不安、害怕就会出现。每当这个时候，咨询师就会去和明蓝探讨她的感受，当一个人的感受被另外一个人感知到的时候，那种害怕、不安的感觉就会消解。

值得玩味的是，每次咨询接近结束之际，就是明蓝感觉糟糕的时候。为此，咨询师专门和明蓝讨论了结束的方式，以明蓝喜欢的方式结束，这样去缓解咨询中的分离焦虑。

说到分离焦虑，其实每一次大考都意味着分离，比如明蓝的中考，若考得好，意味着要去更远的地方上学。而她尚未做好心理准备，于是潜意识里做了决定，考进家门口的学校，这样就不用面对更大的分离。

【尾声 & HINTS】

当明蓝逐渐明白一个能够涵容焦虑的陪伴者对自己

的重要性后，在身边可以再找一个像高三时的好友，彼此分享考试压力，一起面对接下来的四级考试。当然，如果她愿意继续寻求帮助，咨询师也可以起到这样的作用。

但真正要解决的，是明蓝对分离的恐惧。下一步，明蓝和咨询师之间的探讨，会从考试焦虑转移到分离上，这是明蓝面临的成长议题，需要更长一段时间去修通。

就一个孩子的成长而言，父母对各种分离要格外留心，越小的孩子越需要家长花更多的心思。我们的建议是，分离最好以孩子的感受为主，他愿意分离的时候，再自然而然去分离为好。

不敢过暑假

真邪门了,一到暑假,总有特别重要的人不告而别,最晕的是连咨询师都不见了,这世界上还有什么靠谱的人吗?现在一听到暑假俩字,她都觉得浑身不舒服,额头直冒冷汗。

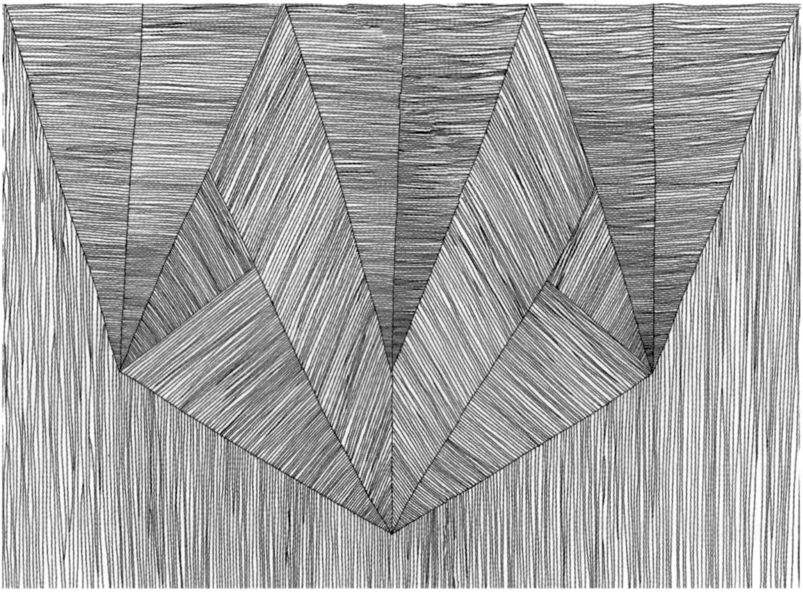

【突然消失的咨询师】

大三时，白洁所在的学校普及心理健康课程，请来了一位心理老师，姓陆，三十多岁，颜值高，讲课非常幽默，同学们戏谑地说：他是心理讲师中的林志颖＋郭德纲。

白洁还发现了更多的东西，陆老师的幽默中，还透着坚定——坚定的态度，笃定的语气！有一次，陆老师说："如果你觉得自己心理有点问题，试了各种方法都不好使，可以求助于心理咨询，你的心绝对是支潜力股，值得投资，说不定未来能换几块大金砖。"这句话把大家都逗乐了，白洁在一片笑声中看向他，他的眼神刚好也扫到白洁。眼光触碰的那一瞬间，他停留了一下，并且坚定地冲白洁点了点头。白洁有点愣神：他好像知道自己的心事。

犹豫了很久，白洁终于决定找陆老师咨询，她知道自己总想着初恋——其实是暗恋，有问题。四年了，白洁的生活停在了四年前，停在了那昙花一现的"幸福"中，不知道还要停多久。

咨询进行得特别顺利。

独自面对和在课堂面对完全不同，白洁紧张、慌乱，各种不自在丛生。陆老师先开口了："你似乎有点紧张，有很多话想说又不确定要不要说。"这句话突然就让白洁平静了下来。

慢慢地，白洁走出情绪困境，试着重新捡起自己喜欢做的一些事情，比如好久没拉的手风琴，还加入了一个周末驴友俱乐部。咨询由原来的一周一次，变成了两周一次，有时候一月一次。虽然去得少了，但只要想到陆老师就在咨询室等着来访者，等着她，她就觉得心里踏实，有什么难受和疑问，他都会帮她开解。

大四暑假，白洁原本计划八月中旬去做一次咨询，结果因故搁置了，于是想着晚一周再约。但再打电话预约的时候，只听到："您好！对不起，陆老师已经不在这里做咨询师了。""嗯？那他去哪里了？""对不起，咨询师的信息我们不方便透露。""哦，那以后他还会回来吗？""不太清楚……"挂上电话，白洁愣了很久，算算时间，离上次咨询也就一个月，怎么就找不到人了呢？

接下来，白洁像疯了一样，上网查各个机构的咨询师，试图找到陆老师，但找了一个多月都没找到。白洁筋疲力尽，在这偌大的北京，要想找一个人如大海捞针一般，手指划着手机上的通话记录,看到自己拨出的一个个陌生的号码,白洁终于忍不住哭了,她觉得身上一阵阵发冷,这种孤单、无助的感觉几乎要把她吞没了。

【心灵解读:你相信过谁吗?】

咨询进行了几次,她总是给人一种试探和欲言又止的感觉。当谈到之前的咨询经历,白洁的语气总是淡淡的,但眼神中的躲闪,拨动了咨询师敏感的神经。

通常,咨询师与来访者的关系是一种非常亲密的关系。从记录上看,白洁与陆老师之间的咨询活动长达一年。当咨询师问及是如何与陆老师结束咨询的,白洁含糊其词地说:"可能也没结束!"就不愿再谈了。

咨询师于是换了个问题:"你为什么找我来咨询?"白洁说:"因为听说您挺靠谱的,专职,从业时间长。""专职和兼职有什么区别?""专职不会做着做着就不做了。"

咨询师尚无法解释陆老师为什么不告而别,但明确指出了这是不应该的,同时告诉白洁,在咨询期间,咨询师休假、离职等会提前一个月告知来访者,并会和来访者讨论其影响;同样,来访者想要暂停和结束咨询,也要和咨询师提出并讨论,这对双方都很有意义。咨询师安慰白洁:陆老师的不告而别,也许是因为非专职咨询师对自己要求没有那么严格，或者遇到什么突发事件。

白洁慎重地点了点头，对咨询师说："我觉得您身上有一种坚定。"那也是陆老师留给她的印象，她最需要的态度。咨询师于是也用笃定的语气问了她一句："你有没有完全相信过一个人？"白洁的反应依然是躲闪，还有一丝害怕。咨询师认为白洁需要时间去消化这个问题。

【海边消失的潜水教练】

完全相信一个人？白洁当然有过，那也是她第一次知道爱情是怎么一回事儿。

她的初恋对象是一个潜水教练。高考之后，白洁去普吉岛玩。那是她第一次独自去国外自由行。

每天游泳有点单调，白洁报了个深度潜水。

白洁记得，那天天特别蓝，微风伴着她到达海边。她报的是一对一深潜，算她运气好，教练是个帅中国小伙，第一眼就给人很舒服的感觉。一路上，他都在给白洁讲潜水要领，讲得很认真，白洁也很认真地听着。

到了深海区。要下水了。天啊，这也太深了，白洁不敢往下跳。白洁觉得自己的脸一定吓得惨白："不行，不行，我害怕……"教练说："那这样吧，今天先不潜了，我带你到浅海区先适应一下。"白洁点了点头。

来到浅海区，水仅到胸口位置，教练说："你把头没进水里，我拉着你往前走。"白洁虽然有点迟疑，但看到他鼓励的眼神，还是决定试一试。于是，她闭上眼睛，把心一横，沉进了水里……突然，白洁觉得周围的一切都很安静，教练拉着她的两只手往前走，她看到他的脚踩起一片片白沙……真美，白洁忍不住张了张嘴。这一张，呛水了，白洁赶紧往起站，站起来发现水才到腰部，她不好意思地笑笑。

教练鼓励道："我们再练练。"白洁又一次把头藏进了水里。有了之前的经验，这次她决定好好享受一下水里的世界。教练似乎明白了她的心思，他拉着她转圈，在安静的水世界，白洁看到一幅幅神奇的水墨画，像万马奔腾一般。

过了一会儿，教练松开一只手，拉着她往前跑。白洁在水面下，他在水面上，连接他们的是一片片的水花，还有那紧紧握着的手。白洁突然很想摸摸他那肌肉健美的大腿，那一定相当有力……

过了很久，教练带白洁来到一块大石头上，他扶着她一起站起来。"呀，我们居然走了这么远……"白洁想起在水下的那个刹那，不好意思地笑笑。她太享受那种把自己完完全全交给一个人的感觉，这种感觉以前从未有过。完全信任一个人的感觉，实在是太美妙了。

第二天，白洁要离开了，心里总觉得有点遗憾，于是去找他告别，但潜水站的人说他今天休息。白洁悻悻然地走了。唉，自己甚至不知道他的名字。

转年同一时间，白洁又去了普吉岛。在一帮教练的照片中没有找到他，她鼓起勇气向潜水站的人打听他的联系方式，人家称不知道，还伴以心照不宣的怪笑。之后，她就彻底死了心，再不去普吉岛，也不愿去任何一个跟潜水有关的地方。

有没有完完全全地信任过一个人？有，白洁信任过，结果呢，他真实地存在过，却又昙花一现，短暂到白洁都觉得不真实。

【心灵解读：对未完成事情的记忆】

心理学上有个著名的蔡格尼克效应，指的是人们对于尚未处理完的事情，比已处理完的事情印象更加深刻。

为什么人们对未完成的事情的记忆量会优于已完成的事情？这是由于未完成的事情引起了情绪的波动。

白洁的普吉岛之旅是在一个身心相对放松的暑假，在这里她对潜水教练产生了好感，她在描述这段情景时突出了一个感受——信任，白洁说那是一种完全的信任。

之前，她从来不知道完全信任一个人的感觉是如此奇妙。之后，她就再也找不到这种感觉了，好像和潜水教练一起消失了。

这种情感上的未完成，开始时驱使白洁去找他，但随着一次次的失望，最终累积成了创伤。陆老师的消失，也在一定程度上加重了创伤的程度。她不明白，这个教练怎么就消失了呢？还有本来是帮她解决问题的陆老师，为什么也会突然不见了？用白洁的话说，就像一个结，怎么解也解不开。

咨询师说：下次我们谈谈你的父亲吧。之所以谈到父亲，是因为涉及和异性的交往，而父亲正是女孩子第一个交往的异性。白洁的反应依然有些躲闪，但还是同意了。

【在意外中消失的父亲】

爸爸去世之前，家庭和谐快乐，白洁最爱跟爸爸一起玩。

她家从爷爷那一辈起开始做生意，小本生意，风里来雨里去，爷爷因为过于操劳很早就过世了。那时候她爸爸只有十岁，这个白家唯一的男孩，跟着白洁奶奶做生意。十四五岁时，白洁的爸爸就能独立走家串巷卖货了。

说起这些,她特别骄傲。她说,印象中爸爸脑子特别灵活,就没有他办不成的事情。而且爸爸特别爱讲笑话,他能一句话、一个动作把最难哄的奶奶逗乐,不管奶奶多么生气。

受父亲影响,白洁从幼年起学会了打算盘。开始是一个特别小的算盘,等到快上学时,她就能用爸爸专用的大算盘算账了。这每次都会引来顾客的赞叹,她自己也觉得很好玩。那个时候,爸爸经常叫她小白掌柜,每次都逗得她哈哈大笑。

等到上学之后,父亲就不怎么让白洁去商店打算盘了。爸爸说,我们家白洁是读书的好苗子,读书才是正道。白洁其实更喜欢和爸爸做生意,上学作业太多,她不喜欢。白洁每次一流露出不乐意,爸爸就和她说自己小时候上小学那些有趣的事情,慢慢地,白洁觉得学校也挺有意思的,尤其是学校还有珠算课。老师知道白洁的算盘打得好,便让她教同学。

上初中后,家里的生意越来越忙,白洁的学业也越来越忙,白洁和父亲在一起的时光越来越少。初三那年暑假,白洁去乡下外婆家避暑。可暑假还没过完,她被叫了回来,等待她的是难以承受的噩耗:父亲进货途中出了车祸,意外身亡。

【心灵解读：潜意识会计时】

谈及父亲去世的那个暑假，白洁情绪特别低落。她说，自那之后，家里的生意就转出去了，她也再没有碰过算盘。

父亲去世后，每逢暑假来临，白洁都会有一种莫名的恐慌，总是觉得会有什么不好的事情发生。忘记了是谁提议的，和家人朋友一起去旅行会好很多，高中那几年的暑假，她都会和家里一大帮人去普吉岛玩。高考之后，她觉得自己长大了，可以试试一个人去普吉岛，就去了，结果就遇到了那个潜水教练。

初恋对象在暑假消失，咨询师陆老师在暑假消失，父亲也在暑假时意外死亡，暑假让她心神不宁，这在心理学上称作"周年反应"。

在此案例中，一个青春期的孩子在遭受意外打击时，出于保护自己的目的，会把一些悲伤的情绪压抑到潜意识中，但潜意识会"计时"，一到暑假，潜意识中那些被压抑的情绪，就会提醒一些未完成的事情，比如对父亲的哀悼等。在她的讲述中，虽然潜水教练和咨询师陆老师占了相当大的比重，但父亲去世才是她心结的开始。

于是，之后的每一次咨询，咨询师用处理哀伤的方式，让白洁完成对父亲的哀悼。哭泣也好，诉说也罢，让她把压抑在潜意识中的悲伤表达出来。这个过程持续了两个多月。渐渐地，白洁谈起父亲不再像之前那样欲言又止，而是可以以一种更加平和的语气去表达。

【尾声 & HINTS】

我们要让白洁明白，父亲的去世是一个无法改变的事实，任何人都无能为力。接受各种丧失中的局限性，接受不可避免的失望，对白洁来讲是另外一种意义上的勇敢。带着这样的勇敢，她的生活才能渐渐步入正轨。

在心理学上，丧失是一个很重要的主题。需要花时间去悼念死者，哀伤自己，哀伤自己最终会失去一些东西，无论如何都留不住。同时，哀伤是一个过程，需要花一些时间去消化丧失中的失望、挫败、无力等情绪。

拿起话筒会紧张

她连属于男人的车间都玩得转,却一见话筒就紧张。不过是唱首歌,她竟然连主管的位置都不想要了。

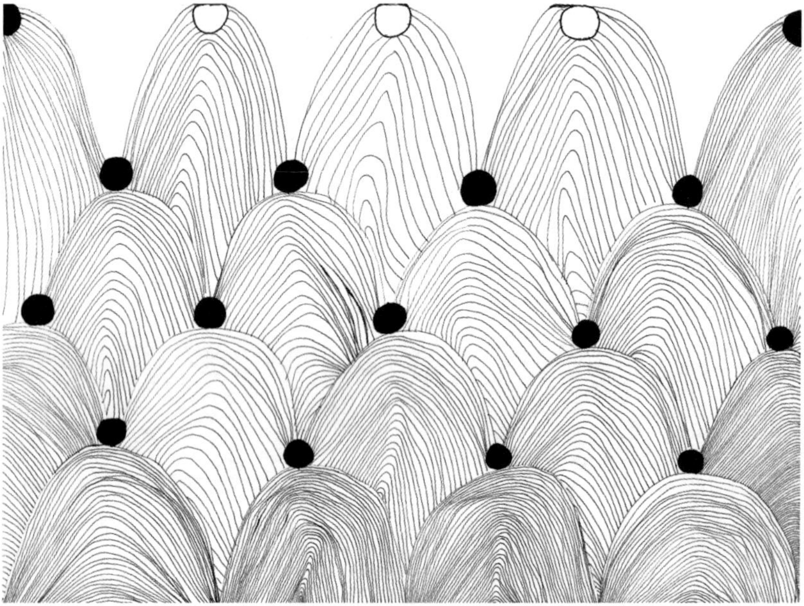

【不敢 K 歌的女主管】

27 岁时，木云迎来了人生第一次转机，工作三年后，她成了这个大国企第一个女车间主任。竞聘结果下来后，同事开玩笑喊她"三八红旗手"。

大家谋划着要庆祝庆祝，木云心里本不乐意，但看到大家一脸欣喜，似乎被慢慢带动起来，有种自豪感在内心升腾，于是放出话来："好，单我买，人我去，随你们折腾！"

这话说出来，木云自己也有点惊讶：三年了，这里改变了她太多，曾经那个不怎么爱跟人打交道的瘦瘦弱弱的小女孩好像越来越有自信。她特别喜欢同事送的外号"三八红旗手"，感觉真的很有力量。

对，力量，这是木云在车间训练出来的。记得刚进车间的时候，带她的师傅说："拿个改锥来！" 木云当时就懵了："什么是改锥？"听不懂啊！师傅又大声地说："螺丝刀，螺丝刀，十字的！"那时候，车间师傅根本就不爱带她们这些大学生，觉得书生气太浓，觉得他们受不了倒夜班的辛苦。谁也没想到，最后是她坚持下来了。三年后，当初一起进来的二十多人，还留在生产一线的只有不到十个，木云是其中唯一的女性。

木云觉得自己特别适合车间，对那些机器她熟悉到内外每一个零件都能在图纸上画出来。还有她的这些同事，自从这个车间建起来，从投产到工业化，他们一起熬过无数个夜班，一起解决过太多的问题。累得不行的时候，靠在车间的柱子上都能睡着。

大家提议要去KTV庆祝，办事员说："木工一个人的时候总在哼着流行歌曲，唱歌错不了！"而木云对这提议却有着一丝莫名的隐隐的紧张，不知道为什么。

离唱歌的日子越来越近了，木云内心越来越紧张，总想找个借口躲起来，但又找不到合适的理由。于是，她硬着头皮去了。当她进去时，大家已经唱得很高兴了，木云安静地找了一个角落，只想做一个听众。结果刚一落座，就被同事发现了："来来来，木工，我听你自己哼过《隐形的翅膀》，这是专门为你点的！"立刻，木云手里就被塞进来一个话筒。顿时，木云感觉到天旋地转，拿话筒的手都在抖。声音出来的时候，更是把自己都吓了一跳，调都跑到姥姥家去了。最终，刚唱了一句就唱不下去了。

之后发生了什么，木云已经记不清了。只知道打那之后，很多东西开始不对劲。虽然工作照常进行，但她觉得每一天都在煎熬，原本瘦弱的身体又瘦了一圈，脸色也越来越不好。领导以为木云压力大，多次邀请她去办公室聊聊，但木云总躲着他，她想躲开任何人，甚至都有了转岗的想法。

去哪呢？木云想转到图书馆去工作，那里人少，安静。

【心灵解读： 初级自恋的发展】

在木云单位那类车间工作的女性，通常外形干练，嗓门大，甚至具有一定的男性气质。但木云却正相反，她很文弱，眼镜后闪着一双大眼睛，显得有点胆怯，只有谈到她的专业和工作的时候，眼神里才充满自信。

面对27岁的木云，咨询师有种错觉，她像一个极度委屈的躲在角落里的孩子。这个"孩子"不想与人交流，但每次都会准时出现在咨询室里。就这样，咨询经常在沉默中进行，在沉默中她很能待得住，似乎自己在和自己交流。

为了打破这种交流模式，咨询师试着将头脑中"躲在角落里的孩子"的意象和她分享。

"你就像一个躲在角落里的孩子，在等待着什么。"听了这句话，咨询师第一次看到木云抬起头，认真地看着自己。咨询师也静静地看着木云。四目相对的那一瞬间,像终于接通了电源一般,情感开始在两个人之间流动起来。

没有人天生喜欢躲在角落里,"成为舞台的中心"才是每个人生来就有的愿望。这源于婴儿在子宫里的状态,在那里,婴儿能做到"孙悟空"般的无所不能,能翻跟头,能吸收营养,能感知情绪,等等,心理学上将这样的一种状态称之为"全能自恋"状态。当一个孩子出生的时候,就会带着这样一种初级的全能自恋,幻想自己是全能的,全能到创造了妈妈,创造了世界。外在表现则是,孩子一哭就有奶喝,每个人看到他都会被他吸引,所以那种"我很全能,我是宇宙的中心",在生命早期就这样印刻在孩子心里。

之后,这种感觉会发展为一种爱表现的欲望——"我是好的,我就是焦点,我就是舞台的中央……"但随着年龄的增长,这种认知会从幻想慢慢向现实过渡——有些时候自己成不了焦点,"站在舞台中央"需要通过努力才能达到。等到孩子有了想要达成时,这种渴望就逐渐发展为一种雄心,一种"我相信我能行"的自信,这种相信自己的力量,会推动一个人去做成一些事情。

木云的身上就有这种雄心。一个瘦瘦弱弱的女孩子能做到车间主任,如果没有"雄心"的参与,基本上不太可能达成。问题是，到底发生了什么，使得木云成了现在这个样子？

【你唱那么大声干吗？】

木云的心里一直藏着一段回忆。

小学三年级时，学校组织合唱比赛，每个班放学后都会留下来唱歌，大家都特别兴奋。木云印象中那也是她第一次参加歌唱比赛，每天排练完后，木云都会哼着歌回家。可是，没过两天，老师突然对木云说："木云，你太矮了，站在队里不合适，算了别参加了，早点回家吧！"木云就这样被取消了参赛资格。

一个人磨磨蹭蹭走在回家的路上，木云越想越觉得委屈。走到半路，木云突然闪出一个念头，转过头回到了学校，她心里盘算着："小红经常生病，她就在排练队伍里，没准到时候她再病了呢，这样的话我就可以顶上去呀。"于是，大家排练的时候，木云就躲在角落里写作业，其实她是在偷偷地看，偷偷地学。

比赛那天还真被木云等着了。真有同学生病了，于是矮个子的她顺利参加了比赛，站在了第一排最边上。

临上场之前最后一次彩排，木云发挥得特别好，跟着老师的手势，节奏、歌词完全没有问题。老师特别惊讶，蹲下来问她:"木云,你怎么都会啊,我还说你对个口型别出声呢,谁教你的?"

木云没敢说自己偷学的,于是说:"我妈妈!"

老师由衷地说了一句:"真棒!一会儿正式比赛的时候好好表现!"

木云高兴地点了点头。

比赛的时候,木云很卖力地唱着。舞台左右两侧各有一个话筒,有一个就在木云旁边,她觉得那个话筒特别好看。

比赛结束了,大家回教室等待比赛结果。好一会儿,文艺委员气呼呼地跑过来,直接走向木云:"木云,都是你,全班合唱就听你的声音了,你唱那么大声干吗?八辈子没唱过歌啊?!"

后来发生了什么,木云记不清了。好像比赛名次不太好。这之后好像就没有同学跟她一起玩了,于是一个人玩冰棍棒,一个人上厕所,一个人玩石子,总是默默待在别人看不到的地方。

木云想,也许,有些人天生就属于舞台中央,比如文艺委员,她个子高高的,长得很好看,大家都喜欢她,喜欢围在她的周围;而自己呢,个子小小的,站在队里都不协调,骨瘦如柴的可怜相,似乎天生属于角落——

在角落里写作业，在角落里学唱歌，在角落里自己和自己玩，是这样吗？

【心灵解读： 适应还是不适应】

那天，当同事塞给木云话筒的时候，木云本能地躲了一下，好像还有个声音大声地质问她："你唱那么大声干吗！"木云说那会儿她就特别想赶紧躲到一个没人的角落里。这大概就源于三年级时的那段经历。

"你最早躲在角落里，是从小学三年级你那次唱歌比赛吗？"咨询师问。

"不记得了，好像一直这样。"木云答。

"幼儿园的时候呢？"咨询师继续问。

"我没有上过幼儿园。"木云答。

这句话揭开了木云另外一段经历。木云从小生活在农村，家里种桃，有一个很大的桃园。村里没有幼儿园，镇上的幼儿园又离家比较远，爸妈觉得没必要上，她就没有上。

桃园在山上，木云也和爸妈一起住在山上，方圆几里内只有他们一家。木云最开心的时候，就是桃子成熟季节，那时候会有很多人来买桃，显得特别热闹。其他时候，她就只能和书为伴。等到上小学，她才到了城里的奶奶家。

上了小学，木云很不适应，但因为爸妈不在身边，木云把很多事情和很多情绪都放在了心里。

至此，咨询师似乎找到了木云躲在角落里的原因——那是一年级的木云能找到的最好的适应外界的方式。当咨询师这么说的时候，木云觉得很惊讶："我一直以为，我是不适应外界所以才躲在角落里的。"咨询师说："我不这么认为，那时那刻，你能靠的只有自己，你对新家不熟悉，对学校不熟悉，对课本不熟悉，在那么多不熟悉的东西的包围下，你能找到一个角落自己去消化情绪，处理学业，这难道不是一种适应吗？"

在咨询师的启发下，木云试着重新看那个初入校门的自己，她含泪提到了"三好"学生的事。

【在密谋中失去的"三好"】

小学每学期期末的时候，木云心里总是有所期待。她的学习成绩很好，每年都被评为"三好学生"，于是在每年学校的颁奖大会上，老师的夸奖、同学的羡慕都能在她身上停留一会儿，那是相当不错的感觉。

合唱比赛失利之后，木云比以往更看重学期末的"三好学生"奖项。她想好了，等拿到奖状到老师办公室领奖品的时候，一定要问问老师：是不是话筒离得太近，所以全班合唱只听得见她的声音？以后自己怎么才能表现得更好？

只是离期末越近，木云越担心，因为她发现班里的女生好像在谋划一件事情。她们窃窃私语，但当木云靠近时，就互相示意不说了。她很想打听一下，但又不知道该问谁。

终于到了期末，"三好学生"评选有一项学生投票，往常这就是走个过场，老师提出的名单，大家跟着投就好。只是这一次，老师说出木云的名字时，全班居然没有举手的。一个都没有！

她终于知道这些天来大家在商量什么了。

老师很同情地看了木云一眼，然后望向大家，这时一个同学举手示意："老师，木云每年都是'三好'，今年能不能让李红艳得，合唱比赛她做了那么多工作。"

那一刻，木云觉得自己非常多余，很想躲起来，最好能有一个地下的角落让她避避。

"那好吧，同意李红艳当'三好'的举一下手！"全班大部分同学都举起了手，而且，很多同学举起手之后都望向木云——木云觉得脸火辣辣的。她从余光中看见，似乎有一把一把的剑指着自己，好像在嘲笑她气量小。于是，她慢慢地把手放在桌子上，然后也举起了手！

"好，那这次的'三好学生'就是李红艳！"

散会后，木云赶紧跑出教室，躲进一个离教室特别远的卫生间，那里通常是没有人的。估计大家都走光了，她才溜回教室。没想到教室里依然有很多人，李红艳买了零食正分给大家。木云低着头，迅速地收拾书包准备离开。

"木云，看我得的地球仪！"李红艳冲木云喊道。木云看了她一眼，敏感的她捕捉到对方眼神中的挑衅意味。

"哦，挺好看！"说完，木云逃也似的离开了。

打那以后，木云似乎越来越喜欢一个人躲在角落里，也总琢磨那次合唱比赛，她还是想知道：是不是自己离话筒太近了，才影响了整体合唱效果？

【心灵解读： 把角落变成舞台中央】

至此，咨询师才算完整了解了合唱经历对她产生的长远影响。

木云说，合唱比赛之后，她对话筒特别恐惧，说话声音也越来越小。每次学校组织活动，她都会注意话筒和话筒旁边的人，只要声音是经由话筒传输出来，木云就会觉得很不舒服。咨询师问木云，到底是怕什么呢？她说，害怕话筒出问题，在她的印象里，话筒经常出问题。

在庆功KTV里，当话筒塞到她手里的时候，那一瞬间，她突然感觉周围死一样的安静。从心理学意义上说，那时的木云就不是成年的木云，而是退行成了那个"躲在角落里的孩子"，藏在心里的纠结又被激发了出来。

这个孩子上学时一直坐在边上，不怎么参加比赛，上班后开会也是在一个角落里猫着，能不发言就不发言，尤其害怕"演讲""上台讲话"之类的活动。她真的就不渴望舞台吗？不是的！这个孩子有自己心里认定的东西，比如从小学一年级起，她就认定学习这件事情是自己可以决定的事情，于是她做得很好；工作以后，很多人都愿意去职能部门，她有自己的想法，在车间做技术工作是她擅长的，更是她喜欢的，她也做得很好。几年的时间，她用实力证明女孩子也可以独当一面，最年轻的车间主任也可以是女性。

咨询师引导并陪伴她不断地去看过去那一个个躲在角落的自己，当一些感受可以表达出来的时候，木云对自己也有了重新的理解——她已经完全有能力把角落变成舞台中央了。

【尾声 & HINTS】

心理学认知行为理论认为，错误认知导致错误行为，纠正认知就会改变错误行为，当然，前提是自己来纠正。

她本来应该是从小到大都很优秀,这种原本很连贯的轨迹,中途却被意外打断了,那就是合唱被指责声音大和"三好学生"被抢走两件事。即使事情过去了多年,她心里依然存在很深的阴影,不定什么时候就会发散出来。尤其是由前者所演变而来的话筒情结。

当木云越来越清晰地明白,小时候自身是很有力量的,唱歌声太大也好——只是因为她离话筒比较近,三好学生被抢走也好——属于其他同学欺负人,都不是她的错。明白不是自己的错以后,她也就不再出现对话筒的恐惧,不再对唱歌恐惧,不再对工作产生恐惧。

咨询结束的时候,木云决定不转岗了。后来,木云在车间主任的岗位上越做越顺手。

说得对也不想听

小时候特听小姨的话,长大后一见小姨就烦,甚至经常把她拉黑,是不是挺奇怪的?

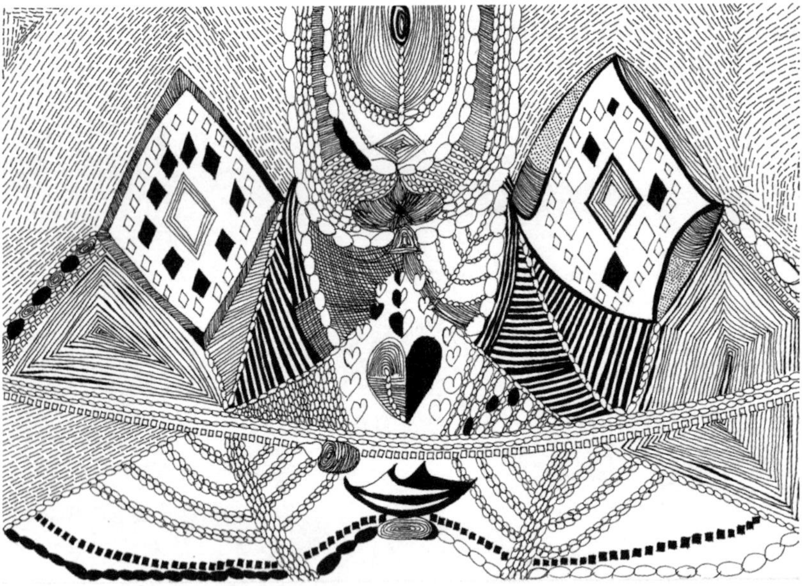

【再也难亲近】

灵珊记得小时候和比自己大 8 岁的小姨特别亲近,而且从小就特别听小姨的话。可时间一天一天过去,发生了很多事情,小姨还是那个小姨,但灵珊变了,她们的关系也在发生着变化。

小姨还是很能说,讲起道理来一套一套的,而且好像说得也特别有道理,但灵珊已经不再乖乖地站在那里听呵了。独立后的灵珊不但不再听她的话,而且会用最少的话让她生气,以至于她都不怎么搭理灵珊了。小姨生气的时候就会说,你现在翅膀硬了,什么话都不听,没小时候乖了。灵珊一听这话就无语,小姨也就大自己 8 岁,自己 12 岁她 20 岁时算是有点差距,可成年之后这点年龄差算什么!什么乖不乖的,咱俩的观点不一定谁正确呢。

灵珊于是尽量避免和她相处,但毕竟是亲戚,难免要走动。结果可想而知,只要见面,无论什么场合,都是不欢而散,搞得两人都很疲惫。但内心深处,灵珊觉得挺遗憾的,别说亲近了,她现在看到小姨都烦,只要小姨一张嘴她就忍不住想打断她。小姨,这个一直陪伴她长大的亲人,两人的关系怎么会成为今天这个样子?姥姥经常说家和万事兴,她并不想和小姨这么别扭地相处着,每次两人分开之后,灵珊都觉得特别难受。

尤其是上次小姨住院,灵珊去看她,结果两人居然在医院就吵了起来。匆匆离开的灵珊边哭边走,她特别纠结,想着小姨苍白的病容明明很心疼,但自己跟她吵架又实在忍不住,灵珊难过得胸口都觉得疼。

【心灵解读:心理学上的"长大"】

在咨询室里,咨询师问过灵珊一句话:你小姨是一直这样能讲道理,还是变成了这样?灵珊很确定地回答,她一直都这样,从小就特别能讲道理,自己几乎是听着她的道理长大的。但不知道为什么小时候觉得很有道理的话,现在听着特别烦,即使对也会觉得烦,就是不想听。

从改变的角度,很显然,灵珊的变化更大,这点从小姨的态度就能看出来。对于小姨来讲,灵珊乖乖女的状态持续了十几年,而现在这个独立的灵珊不但陌生,而且还否定自己,所以小姨也很痛苦。

心理学上的"长大"和生理学上的长大不太一样,生理学上的长大是长成了成人,而心理学上的长大更多的是有自己的认知、观点、思维，从这个角度看，灵珊长大了，只是这个长大伴随着的是和小姨的疏远，这一点两人似乎都没有足够的心理准备。

咨询师试着去梳理灵珊的成长过程。

【挨训的童年】

灵珊今年 25 岁，远离家人，在北京工作。

她的爸爸是一名老师，脾气有点暴躁，动不动就会说她两句。妈妈对她也很严厉，就希望她乖乖的，也按照乖乖女的标准来要求灵珊。可是灵珊小时候特别叛逆，慢慢地，妈妈就管不了灵珊了，最后干脆让大她 8 岁的小姨来管。

小姨是姥姥家里最小的孩子，和灵珊妈妈差了十几岁。小时候姥姥家实在太穷了，灵珊妈妈出嫁的时候，姥姥病重，就把小姨托付给了灵珊妈妈。于是灵珊妈妈就带着她一起嫁到了城里。灵珊出生的时候，小姨刚上小学，灵珊上小学时，小姨上初中。

在灵珊的记忆中，小姨好像特别喜欢管她，训起人来一套一套的。每次灵珊做错了事情，小姨都自己坐凳子上，让灵珊站着，然后开始给她讲道理，一说能说好长好长时间。当时灵珊就想，还不如像爸爸妈妈那样打一顿呢，但她不敢啊,只能乖乖地站在那里,边听边点头。

其实小姨说的话她一句也没有听进去,但她必须做出一副乖乖的样子,否则小姨会越说越多。

【心灵解读:模仿"老师"的管教】

在许多家庭里,由于各种各样的原因,大孩子"管"小孩子的现象特别普遍。一般来说,小姨对灵珊是比较好的,但内心深处还是会有一份芥蒂,毕竟原来的"大姐"只属于自己一个,而灵珊的出生等于夺走了一部分的爱,这就像兄弟姐妹间争宠一样。小姨只比灵珊大8岁,从心理上她也是个没有长大的孩子,当这个孩子被赋予了"管教灵珊"的责任时,对两人都是一个挑战。

比如,小姨对灵珊的管教更多是模仿来的,模仿最多的是"老师"的角色,这和中国的教育文化有很大关系。在学校里,老师的角色被赋予了很多积极正向的内容,所以小姨会很自然地模仿老师。可以猜想一下,家长也很认可这样的模仿。但被这样的老师管,显然并不科学。

【来,咱俩谈谈】

越怕被小姨说,好像越容易犯错。

在她的印象中,每隔一段时间小姨就会说:来,咱俩谈谈!一听这话,灵珊就想哭,自己肯定又做错事了,又要挨训了。其实灵珊已经很小心了,可是在小姨那里就是爱犯错,比如说小姨做饭灵珊备菜的时候,平时妈妈做饭灵珊备得很好,但一遇到小姨,自己就会不是忘这就是忘那。在那些日子里,灵珊都是一边哭一边洗菜,等饭做好了,眼泪还挂在脸上。

这时候,爸爸就会说:"怎么一吃饭就哭,不许哭。"这时候灵珊多么希望爸爸能安慰一下自己,然而没有。于是灵珊就更委屈了,眼泪哗哗地往下掉,最后,她就被赶到角落里自个儿吃饭,现在回想起来都挺可怜的。

哭着吃饭既吃不饱又消化不好,小学时的灵珊一直是一副脸色蜡黄、干瘦、营养不良的模样。

【心灵解读:无处寻求怀抱】

提起这一段,灵珊哭得特别伤心,有时甚至哭到忘了拿纸巾。即使是时刻保持理性的咨询师,都强烈地感受到灵珊巨大的委屈,哭可能是她唯一能够表达的方式。

一般说来,哭是一个孩子最原始的解决焦虑的方法,也是一个很好的宣泄通道,这个时候,如果妈妈能抱抱孩子,哄哄孩子,她的情绪就能很快过去。同时,这一过程也是教孩子建立亲密关系的过程,让孩子知道难过的时候可以去寻求帮助，寻求怀抱来代替哭泣。

但很遗憾，灵珊更多学到的是一个人面对难过和悲伤，爸爸的做法也致使她只能更多地隐藏自己的委屈。

【听小姨话的乖乖女】

灵珊觉得，总说小姨的不好对小姨不太公平，小姨对自己还是有挺多帮助的，尤其是在学业上。

灵珊小学升初中的时候，小姨在重点中学上高四（复读），当时小姨的班主任恰巧是学校教导主任，小姨就向自己的班主任说："我们家灵珊想来咱们学校读书，她学习特别好。"

具体细节灵珊没问过，总之经过一番折腾，最后这事居然成了，灵珊如小姨的愿进了重点中学。

灵珊领小姨的情，但心里还是特别不愿意去，因为要离开熟悉的老师和同学，但没办法，灵珊是听"小姨"话的乖乖女。

【心灵解读：小姨的夸大性自体】

可以看到，小姨"小大人"的模式在延续。

大胆假设一下，这个小姨在现实中可能承担了许多她原本不需要承担的责任和角色。为什么要承担这些?

她在证明自己的能力。

为什么要证明？因为她也想要别人的关注。从自体心理学的角度来讲，她最初的夸大性自体部分或许是缺失的（夸大性自体是指小孩子在成长早期会认为自己很全能，很能干，比如会像超人一样飞，会像孙悟空一样七十二变，会像千手观音一样搞定很多事情）。这种好表现性在得到父母的认可和现实的打击之后，会逐渐趋于平和，但有很多人为了得到别人的认可，特别的用力和努力，去完成超出自己角色之外的事情。而反过来，灵珊的乖和听话又充分满足了小姨的好表现性，使得小姨的夸大性自体未能向平和的方向发展，而是更加夸大。

【天天向上】

到了重点中学之后，灵珊的学霸生涯开始启动。

小姨几乎每隔一段时间就会来一次"来，我们谈谈"，谈话的内容灵珊到现在还能背下来："你知道你进这所学校有多不容易吗？你一定要好好念书，你看你爸爸妈妈那么辛苦，挣这点钱还要供你读书，你再不好好读书，对得起她们吗？"

为了能减少"我们谈谈"的概率，灵珊一直按照小姨的要求好好学习，天天向上着。

小姨上了大学之后，每月都会给还在上初中的灵珊抱回来一沓参考书，并规定灵珊的完成时间。所以，灵珊在学校之外还要做大量的功课。这样的教导和训练一直持续到灵珊高中毕业，然后顺利地考取了北京的一所高校。

填报考志愿时，灵珊清一色填外地。她想离开家，离开管自己的爸爸妈妈，尤其是小姨。

小姨后来成了律师，这样的人生轨迹简直太符合她的性格了。

【心灵解读：正确，但不共情】

一个人选择的职业和其行为模式之间有很大的相关性，这位小姨的职业最有可能的是老师，律师其实和老师是类似的。

另外，值得注意的是小姨那一套谈话的内容，很像是父母说给孩子听的。小姨后来说的话不再只是模仿，而是自己的一种感悟，她希望灵珊也能这么想。

虽然知道小姨说的或许是对的，理性能接受，情感却不能接受，这在心理学上称之为"正确，但不共情"。这也是灵珊和小姨后来的互动模式，一个人说理变成了两个人说理，实际上两人的分歧根本就不在"理"上，而是卡在了"共情"上：两个人都在说着正确的观点，但都没有在情感上理解对方，于是最终形成了一种创伤。

【尾声 & HINTS】

孩子的长大需要一个共情的环境。所谓共情，是指养育者能关注到孩子的情绪，能感同身受地理解她。在灵珊的成长过程中，小姨以一个"小老师"的身份出现，模仿的背后是对正确与错误的过分强调，灵珊长期处在这样正确但不共情的环境中，日积月累体验到的亦是一种创伤。

灵珊或许正是如今很多家庭中的一个孩子，父母担任着老师的职责，用对错来严格要求孩子不要输在起跑线上，这样的环境给孩子带来巨大的痛苦。所以，在家里，应该让爸爸成为爸爸、妈妈成为妈妈，带着情感和孩子互动，这样，孩子就有了一个良好的情绪表达空间，在这个空间里孩子最终可以成长为自己，而不是别的什么人。

我们需要创造一个共情的环境，在此情境里，情绪的表达和情感的关注高于对错。

何以跟上司相爱相杀

上司总给穿小鞋,可她就不走,就这么心里天天拧巴着,每天祥林嫂一样不停地跟朋友叨叨。

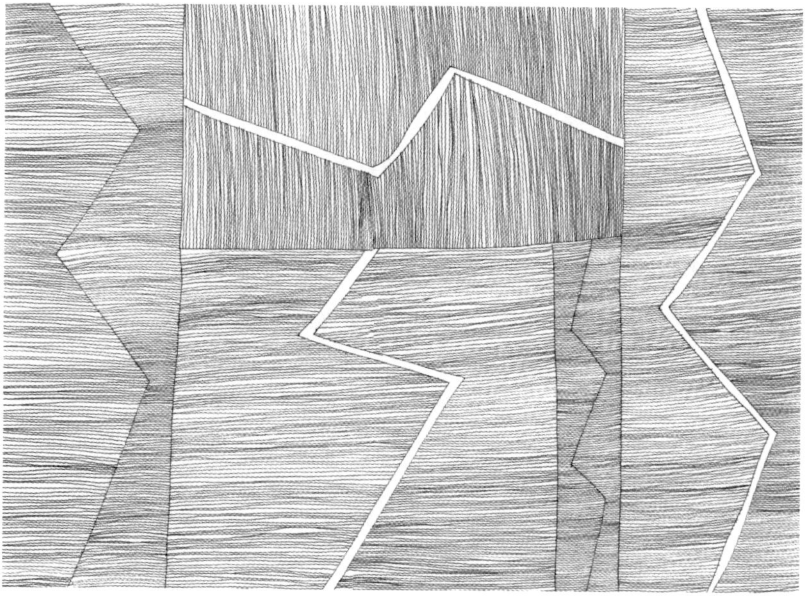

【辞职喊了两年】

两年来，辞职的想法一直在玮玉心中盘旋，就是没办法付诸行动。最近，她共事了十年的同事也离职了，这是她最要好的朋友，今后在公司连个说话、吐槽的人都没有了。她感觉心像被掏空了一般，做事打不起精神，不想理任何人。

来公司十几年，玮玉讨厌死了那种假惺惺的、拐弯抹角的交流方式，直属上司张总便属于她不喜欢的人，张总说玮玉不成熟，玮玉心说他太虚伪。奇怪的是，互相看不顺眼，彼此却离不开。

每月张总都需要玮玉做一堆报表，上传、申报、审批，这些工作在玮玉看来超级简单，但他似乎就是找不到更合适的人来做。干活就干活吧，张总却只是表面上对她客客气气，私底下没少给穿小鞋，比如开会时阴阳怪气地说有的人情商低，说话太愣。

她跟闺蜜抱怨，闺蜜怼玮玉："既然这么看不上这个上司，离开不就得了。"这句话噎得她哑口无言。奇了怪了，张总离不开她是因为她能做别人做不了的工作，玮玉离不开他又是为什么呢？

【心灵解读："爱厂如爱家"】

既然一个人带给自己如此大的困扰，为什么不避开？

弗洛伊德早就说过，人的行为背后都有"趋利避害"的性质。意思是说，即使表面上看这个人处在痛苦中，但如果行为保持下来了，那么这个行为背后是能给这个人带来更深层的好处的。举个例子，家暴行为中被家暴者选择不离开施暴者，很可能是其在家暴之外得到了好处，比如每次施暴后的"讨好模式"，刚好补偿了内心特别缺失的爱和关心。

在这段经历中，表面上看，玮玉从领导那里得到的不过是一份工作、一份薪水而已，但既然长时间不离开，自然有不离开的"好处"。很多时候这个好处是在潜意识层面的，自己根本意识不到，这就需要咨询师去引导其看到这个深层次的"获利"，之后再选择离开还是不离开就会容易得多。很多人有选择恐惧症，背后也是没有搞清楚获利的真正含义。

咨询师问："假如离开了会怎么样呢？""离开了，心还在吧，我在这里毕竟待了十几年。每当有人离职，我都会郁闷好久。人往高处走，他们做得都没错，但我怨他们，为什么就不顾这些年的情分，说离开就离开……离开了，家就真的散了！"她不断地碎碎念，最后以"离开了，家就散了"特别无奈地结了尾。这让咨询师想到一句老话："爱厂如爱家。"那曾是父辈们倡导的理念。那个年代，一份工作对于一个人来讲就是一辈子，师傅对于徒弟来讲就如同父亲一般。想到这里，咨询师试探着和来访者谈起了她的父亲。

从精神分析的角度来看，我们和工作的关系多数与我们和父亲的关系有关，具体到每一个来访者，父亲这个称谓包含了太多的情感体验，有的以正向情感为主，有的以负向情感为主。她是哪一种呢？

在沟通中，玮玉对谈论父亲总是处于回避状态，她会很巧妙地把话题转开，咨询师没能了解到更多有用的信息。显然，"父女关系"是玮玉的一道心门。

咨询师也发现，她回避的话题，很多时候比她主动说的话题更有价值。

【新来的上司讨人嫌】

本科毕业后，玮玉来到这家大型企业。当时的她特别纠结，虽然是理科生，但玮玉更喜欢写文章，在学校还是记者站主力，她的理想就是当一名出色的记者。上大学时她就觉得选错了专业，本来想在找工作时纠正一下人生方向，但让她无奈的是，在北京最先需要解决的是生存问题。找工作并不难，但当记者就是一个不切实际的梦了。最终，她还是以专业对口的优势进了这家号称世界五百强的公司。

进公司后，玮玉觉得技术岗位不适合自己。她试着承担了一些部门配合宣传写稿的工作，但发现在企业里写文章都是套路，很没意思，后来就不怎么写了。写作就这么完全荒废了。

两年前，玮玉想换工作、想离开的情绪到了顶峰。工作不如意是一方面，另一方面她的领导换了。前领导玲姐工作能力强，对人特别好，要不是因为她，玮玉可能早走了。玲姐被调到集团下属的一家新公司任职了，张总成了玮玉的新领导。

张总一上任就引起她和同事的极大反感。他先抓考勤，这让大家特别慌乱。她们平时八点上班，有的同事要送孩子上学，有的路上堵车，迟到现象屡有发生。现在，张总每天七点半就到办公室守着，看谁迟到，迟到多长时间。

除了考勤外，工作上的分歧也越来越大。最严重的一次是，他说要开除玮玉的助理。玮玉当部门经理以来就是这个助理，熟悉工作所有流程，干活任劳任怨。助理性子是有点倔，有次和张总说不通竟摔门而去。玮玉当时特别着急，护着自己人的她也来了一句："他走了，我也不留，您看着办！"这句话一出口，自己就吓了一跳，同事也替她捏着一把汗，大家都觉得这下玮玉估计得走人了。她有种破罐子破摔的想法：反正话已经说出去了，让走就走吧。结果没想到，张总倒是给了玮玉这个面子，最终没有开这个助理，也没再提这事。但自此以后两个人也不再对话，只是用邮件联系工作。

【心灵解读：恨就在那里】

围绕张总，咨询师和玮玉讨论了很多。每次对话的时候，咨询师都能感觉到她背后的情绪——以愤怒为主，而且远远超出了一个下属对领导的愤怒程度，似乎有一种隐隐的恨在其中。

心理学家温尼科特有一个观点：只有表达了恨，才能更真实地爱！这种情感多出现在小孩子和母亲的关系中，一味地付出爱的母亲会让小孩子有一种不真实感，也会影响他负面情绪的表达，他会潜意识地认为，恨是一件不好的事情，或者不应该做的事情。但套用一个句式：不管你愿不愿意，恨就在那里，一直在那里！所以，让孩子表达恨就成了养育过程中不可或缺的部分。

强大的母亲意味着能够承受孩子的攻击，接得住孩子的恨，以一种真实的方式，而不是一味地容忍或讨好。从这个意义上来说，张总的出现对玮玉的成长有利。玮玉可以和同事、闺蜜、朋友去表达对张总的愤怒以及背后隐隐的恨，这就是玮玉选择不离开背后的利。

另外，玮玉的那句"他走了，我也不留，您看着办"给了咨询师一些有意思的信息。她很少用"您"这个称呼，关键时刻用了这个称呼，说明在反叛的背后，对上司是有一份尊敬在的。

咨询师试着鼓励玮玉用一些恰当的方式去表达她对领导的愤怒，其中一个方式就是邮件，基于她良好的文字功底，这并不难。考虑再三，她还是拒绝了，但在表达的时候非常平和，跟以往非常不同。

玮玉在慢慢发生着变化。其中的一个变化，就是随着对领导愤怒与恨的表达，情绪慢慢趋于平和与稳定。心理学家曾经使用"温和"一词描述功能良好的自我系统的心理过程，说明她的确是在转向好的状态。

很多来访者都曾表达过，心理咨询带给他们一个最大的好处，就是内心的愉悦与平和，这点在玮玉身上也体现了出来。

【带着误会长大】

咨询一段时间后，玮玉很愉快地谈起了与张总之间发生的戏剧性的一幕。

某天，她和同事在食堂吃饭，大家都在讨论最近新换的保安。大家纷纷反映，这批保安特别讨厌，大家在这个单位都待了十几年了，还是一进门就要求出示证件，否则就不让进。不同的是，保安从来没有查过玮玉，还对她很客气，玮玉自己都觉得挺纳闷的。

后来，她间接了解到，新换的保安队长和张总挺熟，张总知道玮玉最近脾气不好，就和保安队长说，玮玉的出入证丢了，正在补办，意思就是，别查她别惹她生气了，直接放她进门吧。保安队长觉得这个玮玉很厉害，估计是张总的爱将，所以这么"罩"着她，于是也就顺水推舟，如此这般对待玮玉。

这件事给了玮玉很大触动。原来上司并不像自己想的那样不近人情，原来他是关注自己的。她觉得，之前的很多事情可能是自己误会了。回想起来，自己的助手摔门而去，自己也好几次这样，确实挺不给人面子的。自己还威胁过张总，什么"他走了，我也不留"。她认识到，张总其实挺宽容的，如果换成别的领导，没准就把自己直接开除了。

玮玉想起一个类似的场景。高中分班时，父亲强迫她学理科，她就曾摔门而去，试图离家出走，当时也对爸爸说：这个家，你在我就走！结果还没出家门就被爸爸一顿暴打。从那之后，玮玉特别恨父亲，几乎一年没和他说话。但两个人都在一个屋檐下，抬头不见低头见，玮玉想漠视也漠视不了，更多的时候是把自己关在房里生闷气。玮玉曾说，爸爸的那顿打，打散的是父女关系，她永远不会原谅。

而张总呢？在玮玉威胁他后，没有任何过激行为，再见面跟什么都没发生过似的。至于之后只用邮件沟通，那也是玮玉主动选择了这种方式，玮玉相信只要她想进张总办公室也没什么问题，现在想想同事说张总气量蛮大的，似乎的确是的。

玮玉问自己是不是真的错了？或许潜意识中她真的把张总当成了父亲？两年多以来，她在这个父亲身上尽情地发泄着自己的不满，而这个父亲却给了父亲不曾给过的宽容。

【心灵解读：表达了恨才能更好地走近】

咨询师的一句话，"我们都是带着误会长大的"，让玮玉印象深刻。她也提到了电视剧《都挺好》，她说，结尾妈妈抱着安慰那个小女孩的画面让她感慨良多，那一刻她突然明白了：其实父母都做过让孩子伤心的事情，也一定做过让孩子高兴的事情，只是我们选择性地记住了一些好或一些坏，就像她对爸爸，自从被爸爸打了之后，她似乎只记得那次打，其他的都忘记了。

在之前的咨询中，当咨询师试图去询问她和父亲的关系时，她避而不谈，那时候的她还是不想去面对。

当她在真正开始面对的时候，变化发生了，她不再和同事吐槽张总，自己的工作效率也提高了很多。另外，她也不再想着离开，而是更多地看到自己在企业中的优势，并把这个优势变成自己升职的资源。之后玮玉很顺利地升了职。这些变化虽在意料之中，但变化之迅速超出咨询师的预期。这可能源于玮玉一直和领导在真实的世界里有互动。在真实的世界里，她对领导更多的是彬彬有礼，助理事件只是一次情绪的爆发，不影响其整体在领导面前的工作印象。同时，在真实的世界里，玮玉对待工作一直认真负责，包括让她很不满的不能迟到的规定，实际上，从张总调至自己的部门起，玮玉就很少迟到了，她的行为在表达着她对领导的认同。总之，从工作的角度，玮玉算是一名合格的员工。

但是，一个人的心理问题和真实世界的关系不大，更多存在于一个人的主观世界中。玮玉为什么离不开张总，在我们没有解开她与父亲之间关系的情结时，可能我们一直会做一件事：试图解开她和张总的情结。换句话说，玮玉对父亲的恨没有充分表达，那一年的冷战是在表达，和张总在头脑中的热战也是在表达。后者与前者的不同之处，在于后者有咨询师的专业倾听与引导。

这一次，玮玉主动谈到了父亲，是一个飞跃性的进展。有些问题一旦意识到了，就像打开了一扇潜意识大门，能够更清晰地明白自己的行为。玮玉在与张总的互动中，意识到了是她把对父亲的恨投射在了领导身上，但这个"恨"更多体现在她的内心冲突上。即玮玉虽有辞职的想法，但潜意识一直在做着相反的事情，她更想做的其实是走近，但早年的恨阻碍了这一现实中的走近。所以我们说：只有表达了恨，才能去真正爱一个人。

【尾声 & HINTS】

当厘清了这些之后，玮玉开始像一个成人一样和张总互动。在工作中，她对他的态度慢慢地由表面上的顺从变为真正的认同，态度的变化带来了情绪和行为上的改变。

咨询也在玮玉的态度转变中画上了句号。

在生活中，当我们的行为匪夷所思时，需要引起注意。这个注意不是要强行纠正行为，步入所谓的正轨，而是要听听自己内心的声音。比如，故事中的玮玉，当她开始意识到"离不开"让自己很苦恼时，她来做心理咨询而不是强硬地跳槽，这个做法值得推荐。

对自己温柔一点就是更多地听听内心的声音，学会了对自己温柔，也就很自然地会对别人温柔。

一个人待着想撞墙

丈夫不过要去外地工作一个月,她就觉得惶惶不可终日。

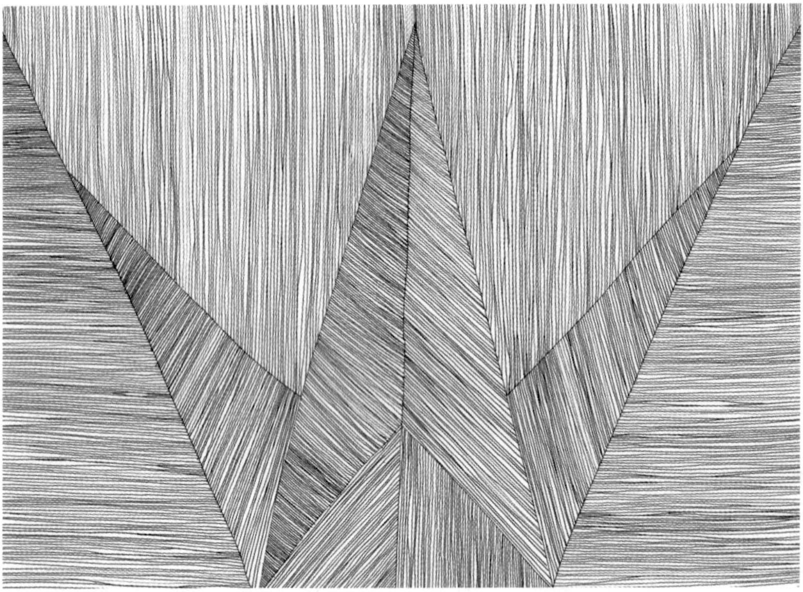

【丈夫要去南京工作】

温迪结婚三年了，跟丈夫感情相当稳定，刚刚怀上了宝宝。一切看上去很美，但温迪的内心却一团糟。这都源于老公要去南京工作一个月，而且，如果没有如期完成，还有可能延长。

一开始知道丈夫要去外地的时候，温迪觉得简直太好了，终于可以自由一个月，想吃啥吃啥，想玩啥玩啥，省得他总是管自己。而且南京离北京也不远，闷了可以去找他玩，说不定还能找回曾经恋爱的感觉呢！

但等他出发时间确定后，温迪却郁闷了，几乎每天都在跟他碎碎念夫妻怎么能分开的话题。丈夫安慰温迪，这个项目一直是他负责的，从大局考虑，他必须得去，而且不就是一个月嘛，很快就会回来。

本来以为自己内心平静了，但越接近丈夫出发的日子，她越沮丧，而且程度在不断升级。一天，温迪偶然在他的文件夹中看到了公司的调令，数了数，一共五人，有一个是女的。温迪一下子就火了，质问他怎么从来没提过这个情况。对妻子的无端怀疑，他出奇地平静，说道：你生气不在这个女同事上，而是因为别的。这句话让温迪一愣，似乎说中了她的某个地方，温迪忍不住问，别的是指什么？他似乎也很想和她分享，说："我有一种感觉，你特别想变成个拇指姑娘，让我装到口袋里，随我一起去南京！"

一下被说中的温迪大哭起来。她觉得现实真的太残酷了：她不能辞职跟着去南京，得等到自己生产老人才能来北京，近期得一个人去医院排队产检……当然，给温迪最大的打击是，这个自己一直依靠的男人不能陪在身边，在这个时候居然得独自生活一个月那么长时间。温迪反复地问自己：一个人的日子我该怎么过呢？怎么过呢？她坐立不安，简直想撞墙了。

丈夫待温迪情绪渐渐稳定下来之后告诉她，她需要得到心理咨询师的帮助。温迪也觉得自己时常像个没长大的孩子，好像必须得有个人在身边才能生活，这样的状态怎么能应付需要独自面对的"准妈妈"生活，于是，她敲开了咨询师的门。

【心灵解读：需要照顾的高中女生】

白T恤、牛仔裤、马尾辫，还有那细嫩的嗓音及怯生生的表情，她给人的初次印象是，还是个需要人照顾的高中女生。所以当她说结婚三年时，咨询师都没藏住惊讶的表情。温迪不好意思地说，在生活中大家也都觉得她挺小的，挺照顾她的。

温迪的丈夫是大学里的师哥，毕业后留校成了班级辅导员，她现在的工作也是他帮忙找的。一直以来，都是这个男人在照顾她、保护她，她也就很理所当然地享受着这份照顾。

不难猜测，丈夫是温迪交往的第一个男朋友，是她的初恋。温迪说第一天到大学报到，就是当时的师哥即现在的丈夫接待她。温迪清楚地记得，入学那天，是师哥帮她办理入学手续，帮着把行李放到宿舍，还带她去买生活用品。当时她就觉得，这个人要是能做自己男朋友该多好，没想到后来真的成了。一直习惯了他在身边，没想到偏偏在怀孕这个最重要的时候工作调动，这让她陷入恐慌当中。

在咨询师试图去理解这份恐慌背后更多的信息时，发现了一个问题，在沟通过程中，温迪似乎一直在说她的丈夫——他的体贴，他的优秀，他的负责……这让人头脑中对她丈夫的印象比她还丰满。这不由让人想起温迪丈夫的那个比喻：温迪特别想变成拇指姑娘，让丈夫装到口袋里，随他一起去南京。

这句话再次让温迪哭起来。在心理咨询中，咨询师会特别关注那些让来访者情绪波动的话语、动作，因为这往往都和深层情感有关。这就好比在看电视剧的时候，某些对话、场景会让我们落泪，会觉得这些对话就像说给自己的，这些场景自己也曾经历过。在温迪的故事中，丈夫的这个比喻其实说出了温迪深层的渴望：她的确想变成拇指姑娘，这样丈夫走到哪里都可以带着她。

另外，这个比喻还让人联想到一个词：渺小。在咨询中温迪不断地谈论丈夫，丈夫的形象清晰、高大，但温迪，除了稚嫩的外表，很少让咨询师了解到其他特点。这个反差让人感到好奇：在现实生活中，温迪是不是也是这样呢——以丈夫为中心，以丈夫为骄傲，而自己则是躲在他背后的拇指姑娘，渺小所以让人怜爱。

【孤独的拇指姑娘】

《拇指姑娘》的童话书是温迪自己看的，在她的印象里，父母很少给自己讲故事。母亲是做财务的，不爱看书；父亲是老师，爱看书爱买书，但通常他会买一堆书回来让女儿自己看，然后回书房去看自己喜欢的书。父亲爱看历史方面的书籍，都特别厚特别大。他一次看一堆书，他会看着看着就找另一本，甚至三四本对照着看。她记得，父亲看起书来特别专注，可以午饭都不吃，母亲对此很有意见。

有一次，温迪读到牛顿做实验的故事，说牛顿做实验太过专心，结果把桌子上的怀表当成鸡蛋放到锅里煮。温迪说，她的父亲就是这样的，他读书时温迪甚至可以给他扎个小辫，他都浑然不知。

温迪看书受父亲的影响，也喜欢摆一堆。每逢寒暑假，父母去上班的时候，温迪都得一个人在家，她会在大人离开前摆好一天要看的书，恨不能铺一桌子。当父母走了之后，温迪就开始和自己说话，和书里的人物说话，她还会给每本书起一个名字，然后跟他们一起上课，做游戏。

那时候，温迪最喜欢的故事人物就是拇指姑娘。很多次她都想象着自己变成了拇指姑娘，偷偷钻到了妈妈或爸爸的口袋里，被带到了他们的单位，单位里有很多叔叔阿姨都特别喜欢她……温迪有时候会幻想这个场景很久，想着想着都能睡着了。其实，温迪不喜欢睡着，因为通常醒来会发现一个人在家，那会让她很难过。

母亲曾经跟温迪提起过，有一次她加班到很晚才想起来丈夫出差了，女儿在家还没吃晚饭，于是赶紧往家赶。到家一看，温迪在书堆中睡着了，当时母亲的眼泪都快出来了，觉得孩子特别可怜。把温迪叫醒之后，温迪说，妈妈，我梦见自己变成了拇指姑娘，你把我装到口袋里去上班了。母亲后来经常提起这个事情，说当时的温迪特别可怜，实际温迪没告诉母亲，最可怜的其实是醒来的时候发现自己一个人在家……

【心灵解读：梦是愿望的表达】

温迪在说到父亲的时候，语气里充满了骄傲，咨询师如果不打断的话，估计咨询时间又要用来刻画一个优秀父亲的形象了。

通过温迪的描述，这个父亲的形象其实和温迪的丈夫有很多相似之处。这一点在生活中也特别常见，我们在寻找心中的另一半时，其实已经在脑子中有了一个原型，这个原型就是早年在我们头脑中形成的异性父母的形象。

和其他人的原型相比，温迪脑中父亲的原型显得尤为高大，高大到整个空间只有他而没有自己。而对现在造成的影响就是，在现实生活中，温迪似乎只有丈夫而没有自己。在咨询中的体现，就是每次提及丈夫和父亲时，温迪都会津津乐道，以至于忘了自己。所以，咨询师要一遍遍地把她拉回到叙述自己的故事上。

尽管如此，温迪叙述的自己的故事依然有限，尤其是触碰到她的内心世界时，她很容易溜走。但咨询师还是从她的梦中找寻到了一些关键信息。在心理咨询中，来访者的梦是我们了解其内心潜意识的一个途径。一般说来，梦是内心愿望的表达，温迪梦见自己变成了拇指姑娘，被妈妈装在口袋里去上班了，这说明在温迪心里，她当时最大的愿望就是能够待在父母身边，让父母陪着她。温迪在提及和书里的人物对话时，说得很高兴，似乎一个人玩得也挺好，但咨询师在她表述的过程中，还是感觉到了一份缺失父母陪伴的失落与孤单，尤其在听到她描述童年生病的场景时更是如此。

【不想一个人在家】

一个人在家最害怕什么？生病吧。温迪现在每天早上都会量体温，并将其记录在小本上。孕妈妈不能生病，否则会很麻烦，温迪对此特别担心。其实，她的身体挺好的，迄今为止，也没有因为生病住过医院，但她就是害怕。

温迪记得，初中一个暑假，有天早上醒来，父母都不在家。温迪感觉头特别疼，一会儿冷，一会儿热，她知道自己可能生病了，就学着母亲去药箱找药。但她不知道哪个药合适，就每个都吃了点，结果吐了，还吐得特别严重,后来也不知道怎么就睡过去了。

再醒来就到中午了。温迪爬起来想找点吃的,这才看到母亲留的字条和饭,她好像是去培训还是什么,总之要两天后才回来。温迪突然想起来,父亲整个暑假都去外地了,她就特别害怕,好像自己会死在这个房间里。

后来的事情温迪就记不太清了,好像打电话给母亲也没打通,可能哭着哭着又睡着了吧。等再醒来的时候,烧就退了。温迪那时候特别想吃火腿肠,就出门去买,小卖部的阿姨认识温迪,看她脸色特别白,就问她怎么了,还把刚做的粥给她吃,把火腿肠也放了进去,吃完了又送她回家。温迪说她当时特别不想回家,就想让阿姨陪着自己,于是回家的路就走得很慢很慢。

从那以后,温迪就很少一个人待在家里了。她想了各种办法,最后发现去图书馆这个方法特别好。那里永远都有很多人,最冷清的时候至少还有管理员。于是无论严寒酷暑,温迪宁愿去离家很远的图书馆学习看书,也不愿意待在家里。从外面回来的时候,她也算好时间,估计父母到家了再回来,回来之后也很少拿钥匙开门,而是敲门等着父母开门迎接自己。甚至有好几次,温迪知道他们还没回来,但还是下意识地敲门。

现在的温迪,一想到丈夫去外地,自己每天要一个人待在家里就想哭。她真的觉得，自己没有办法面对很多事情。温迪也害怕自己的状态会影响到肚子里的宝宝，尽管每次产检时医生都说一切正常，她还是特别担心。温迪就是这样，既无法控制自己的情绪，又担心影响宝宝的健康，丈夫还没走就已经开始备受煎熬。

【心灵解读：创伤记忆的持续影响】

温迪提到了她从习惯一个人在家到害怕一个人在家的关键性事件，这一事件在心理学上可以称之为创伤性事件。创伤性事件对于一个人起作用的病因不是躯体伤害，而是恐惧的影响，这称之为"心理创伤"。心理创伤或者更准确地说是一种创伤的记忆，犹如进入身体中的异物，在很长时间内继续起着作用。

温迪的例子就说明了这一点。生病带给她的恐惧是："当我独自在家时，很可能没有一个人知道我还活着。"这是一种接近死亡的恐惧，一般的孩子都难以承受，温迪是在一个人的时候被迫去适应这种难以承受的痛苦。在这样的背景下，小卖店阿姨的陪伴则给了温迪这样的提示：和人在一起的时候，我才能活下来，这就有了后来温迪宁愿去图书馆也不愿意待在家里的经历。

这段心理创伤就这么影响着温迪，直至现在。在咨询中,咨询师试着带她去回顾事件发生的前前后后。详细回顾的过程,也是一个专业陪伴的过程。在这个过程中,温迪可能再次经历当时生病的痛苦以及对死亡的恐惧,咨询师需要在这个过程中充分去体验并理解其痛苦与恐惧。

通常,痛苦并非一个人心理创伤的来源。在成长过程中,痛苦不可避免、失望亦不可避免,关键是有没有一个人能充分理解她的这份痛苦和失望。心理咨询创造了这样一个环境,使得儿童早年无法忍受的痛苦和失望有一个人去承接,去安抚。说得再确切一点就是,温迪在心理咨询室里重新经历的痛苦和恐惧,因为有了咨询师共情式的陪伴,使得曾经的创伤有了愈合的可能。

【尾声 & HINTS】

咨询师有一句话对温迪启发很大:要共情别人,先共情自己。在咨询师的建议下,她开始看一些心理学书籍,目的是在了解自己的基础上去做一个内心强大的妈妈。另一方面,幸运的是,通过跟领导多次沟通,温迪的丈夫把在外地的时间缩短到了半个月。

表面来看温迪的生活又恢复到了以前的样子,矛盾不存在了。但实际上,温迪的内心已经强大了很多,即使丈夫依然去外地,此情此景也不会让她再那么害怕独处。

想结婚却总逃婚

明明是想结婚的,她却一到这步就撒丫子逃跑了。最可怕的,是她自己发现,原来每个男友的类型,都跟那个伤害过自己的初恋男友一样。而真正的原因,她并不知道。

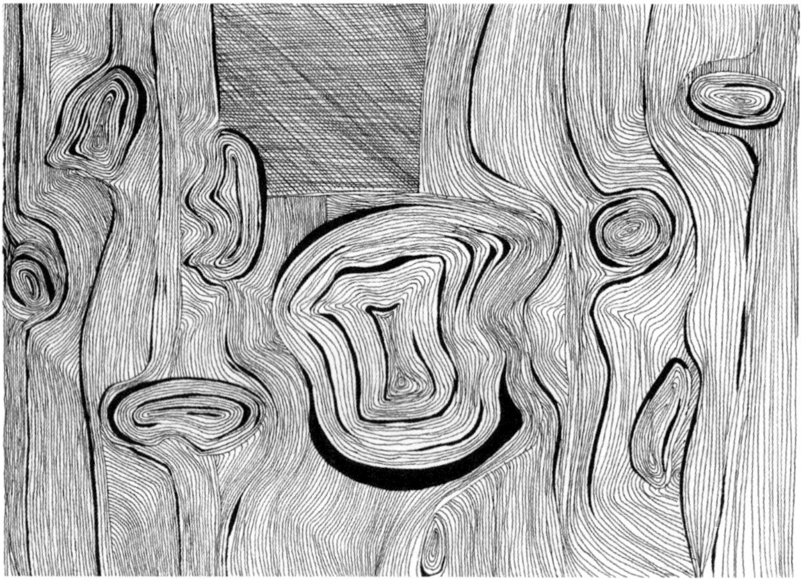

【四年男友后遗症】

小梨有过一段持续四年的恋爱经历。

那会儿她还在读大学,男友是师兄,小梨很爱他。双方父母也见过面,小梨一直以为,毕了业他们就会结婚,她曾一次次地憧憬过幸福的生活。

小梨跟男友很合拍,他是大男子主义,在外敢闯敢干,对内也是主导。小梨则是小鸟依人型,她的心愿就是做幼儿园老师,每天朝九晚五,下了班可以给家人做一桌子好菜好饭,陪丈夫聊聊天,吃完饭散散步……这样的生活一定很幸福。但很不幸,他们两个人的爱情最终以狗血剧情收尾,他爱上了别人,而小梨则失去了生活方向。小梨甚至一度不知道自己活着是为什么,也不知道该怎么继续活下去。

朋友告诉她,告别一段恋情最好的方法是发展一段新恋情,于是小梨很快谈了另一段恋爱,但很短暂。之后小梨又谈了好几次恋爱,大都很短暂。也有两次长的,貌似双方感情很好,但对方一有结婚意愿,小梨立马就吓跑了,甚至都不肯再接对方电话。过后,小梨也觉得非常对不起人家，心里也很难受。

如此这般几年过去，小梨也不知道问题是不是出在自己身上。有一次，她静静回想过住的时候，突然发现，每次找的都是跟四年男友一个类型的人，这种类型似乎很对小梨的路子，但为什么对路的人提结婚她还想逃呢？

朋友说，四年男友的后遗症还在，那些伤害也在，所以小梨不敢走入婚姻。听上去倒是有些道理，但为什么要照着伤害自己的人的类型找男友？她看不懂自己。

【心灵解读：所谓"情有独钟"】

聪明人都会找不同的人去相处，慢慢找到适合自己的人结婚，而小梨总是往一棵树上吊，这是为什么呢？而且结局也都一个样，一提到结婚，小梨就会躲开。

小梨在咨询中多次谈到她交往四年的男友。她很困惑，那段恋情已经结束很久了，但为什么每每提及还是很悲伤，那种空虚、挫败、无助、抑郁的感觉依然很明显。还有，为什么后来总是被这种大男子主义的男孩吸引？她曾试图摆脱这种"强迫性重复"，去相亲、去参加派对，却发现对那种所谓特别适合结婚的老实本分的男孩，自己一点感觉都没有。

"这些男孩身上吸引你的到底是什么？"咨询师把

这个问题作为作业留给了小梨。其实不光是小梨，我们很多人都会对某一种类型的人情有独钟，有的人喜欢"霸道总裁"，有的人非"小鲜肉"不嫁，这是为什么呢？

从心理学的角度讲，爱情不仅会让我们体验到美好，还有"补偿"和"扩展"的功能：补偿是指在这个人身上有自己不具备的品质，和这人在一起，似乎自己也就具备了这种品质。小梨特别乖巧，而男朋友敢闯敢干，特别乖巧的小梨没有办法做到敢闯敢干，就会特别欣赏男友的这部分品质，觉得和他在一起，能够实现一些敢闯敢干的愿望。

扩展是指跟这个人在一起以后，激发了自己许多"新"的本事，比如小梨会像个顾家的小女人一样做饭、烧菜。这部分功能估计在小梨很小的时候就尝试过，比如过家家的游戏中，但一直没办法实现。现在有了这个男朋友，小梨的这部分功能被激活，可以当个居家小女人。

但四年男友的离开，使得这种补偿和扩展都停滞在了某个阶段。同时，也给了小梨一种情感没有完成的感觉，留下的诸多遗憾也令她格外留恋。

按说，之后男友都是这种大男人类型，也算是弥补了以前被男友抛弃的遗憾，但为什么小梨还是投入不进去呢？而且，小梨回忆起来，没有结成婚的男友中，还有一个比四年男友更成熟更优秀的男人。大她5岁的对方，事业有成，但她还是不能接受他的求婚。小梨有了新的疑惑：为什么就不能跟这种大男子主义的男人走入婚姻呢？

是否跟她的家庭环境有关系？在咨询师的引导下，小梨谈起了她的父母。

【我可不能像我妈那样】

小梨的妈妈从小日子苦，十几岁时又丧父，对小梨就想"富养"，不让她再像自己一样受苦受穷。

为了让日子好起来，小梨妈妈成了最早一批下海经商的人。后来，她又把丈夫从厂里拉出来一起干。打小梨记事起，父母一直起早贪黑、忙里忙外，印象里好像只有春节几天，三人才会凑在一起吃几顿饭。

因为看到父母的辛苦，小梨从小就特别乖巧，特别怕给他们带来负担和麻烦。从小学一年级起，小梨就是自己上学。放学时出于安全考虑，学校要求父母接，但小梨父母经常都是忙到天黑了才接她。小梨记得有一年冬天，外面下着大雪，特别冷，天黑了，眼看着小伙伴一个个被父母接走，自己又成了最后一个。看门的大爷看孩子怪可怜的，就把小梨叫到小屋里烤火，从此，小梨就变成了陪大爷聊天的小同学，传达室成了她临时的家。

虽然爸妈都能吃苦，但总的来说，家里大事小事还是小梨妈付出得多，能换灯泡能扛大米。小梨虽然挺崇拜妈妈的，但有时候又觉得妈妈傻：家里家外的活儿你都干了，还要我爸干吗？所以，小梨一方面心疼妈妈，一方面又觉得妈妈这辈子过得特别累，特别不值，不希望以后像她那样辛辛苦苦地过一辈子："我可不能像我妈那样！"

或许由于这个原因，小梨找对象时，对男生的外貌、身材什么的都不感冒，就喜欢那些脑子特别灵，敢闯能扛事的。虽然这样的男生或多或少都有些大男子主义，但跟他们在一起，小梨感觉特别踏实。

【心灵解读：寻找 Mr.Right】

小梨在叙述传达室那个临时的家时有点骄傲，她觉得自己的乖巧懂事替父母省了不少麻烦，但这个临时的家让听过不少悲惨故事的咨询师都倍感心酸。

乖巧懂事是她的防护壳，有哪个孩子不希望放学的时候自己是第一个被父母接走的呢！这个临时的家也让咨询师理解她从小的那个愿望：做一名幼儿园老师，朝九晚五，每天和丈夫一起吃饭聊天……那是她想要的一个真正的家。为了拥有这样一个真正意义上的家,即使沦为"剩女"了,也依然要找感觉对的那个"Mr.Right",从这个角度看,这个瘦小、清秀俊俏的女孩子的执着让人肃然起敬。

"我可不能像我妈那样!"是小梨多次提及的一句话。"那你觉得你妈妈是不是属于那个敢想敢干的类型呢?"听到这个问题,小梨眼睛明显睁大,答案是显而易见的。

从心理学的角度看,一个人在成长过程中都有一种渴望,尤其是在自己弱小的时候,这种渴望就是追求一个理想化的、完美的客体,并和他融合,也就是"我很弱小,你很强大很完美,那么与你在一起,我也变得很好很强大"。小梨小时候崇拜母亲,觉得母亲很能干,就没有她解决不了的事情。之后随着接触现实越来越多,慢慢由崇拜变得不认可,但崇拜并没有消失。在成年之后,当她遇到一个和母亲有着相同品质的人时,这种崇拜就被激活了,所以那种敢干敢闯的男生特别吸引她。

"原来我妈对我的影响在这里!"小梨恍然大悟道。

有人问过这样一个问题:父母对我们的影响究竟体现在哪里?答案是体现在方方面面,有的体现在一个人的性格中,有的体现在一个人的择偶观中。小梨的妈妈应该也很喜欢敢闯敢干的另一半，却因各种原因让自己活成了敢闯敢干的类型。女儿成人后，照着妈妈的择偶标准，也要找敢闯敢干的另一半，继续过富养的生活，这样妈妈和女儿都完成了心愿。

但还有一个人在影响着女儿与异性的交往，那人就是爸爸。

照着这样的思路，咨询师又留给了小梨一个问题："父亲在择偶观上对你有影响吗？"

【爸爸当众扇她嘴巴引起围观】

"我一直不明白，为什么我妈要嫁给我爸？我妈聪明、勤快，待人热情，八面玲珑；我爸相对就比较懒惰和胆小，需要主心骨的时候他不扛大事，好多外面的事都要我妈来解决，在家里却因一些小事对我很凶，让我觉得特别没劲。"

小时候的事小梨记不得许多了，但父亲两次打她的经历历历在目。

一次是因为她不小心把酸奶瓶子摔了。那天，在接她回家的路上，父亲带她喝酸奶。老式酸奶像瓦罐一样，挺沉的，爸爸让她两只手捧着喝。小梨当时非要一个手拿着，结果没拿住瓶子，摔地上碎了。爸爸在小卖部就打了小梨,旁边还有好多人围观,小梨被爸爸吓到了,还觉得特别丢人。

还有一次是因为她贪玩不回家。那天,小梨在邻居家玩,爸爸叫她吃饭时正玩得带劲,就没跟着走,结果爸爸过来照着她脸就抽了一个嘴巴,眼睛都给打出血了。晚上,知晓此事的妈妈就和爸爸大吵了一架。第二天,妈妈带小梨去儿童医院看眼睛,当时医生说的话小梨到现在都记得,医生问小梨妈:这是孩子亲生父亲下的手吗?

当然,爸爸不发飙的时候,小梨一家也有很多快乐的时光。小时候,住平房,有一次过节,爸爸先爬到房顶,又让妈妈把小梨举起来,他接住小梨让她爬到房顶上,一家三口一起看天安门放烟花;爸爸带小梨去游乐场,每次都会买她喜欢的氢气球,然后绑到她的马尾辫上,那时候的小梨蹦蹦跳跳的,感受到别的小朋友羡慕的眼光;爸爸骑自行车带着小梨,她可以从后座上两只脚在一边斜着坐,还可以换成两脚分开,也可以扶着爸爸的后背慢慢从后座位上站起来。在爸爸的鼓励下,小梨还能站在后面两手分开,像飞一样。说到这儿,小梨不禁伸开双臂,脸上露出幸福的微笑。

【心灵解读：摆脱羞耻感】

小梨在谈到父亲的时候，时常在两种情绪间摆荡：极端的开心与极端的恐惧，有点像她在游乐场里坐过山车。这样的体验导致她对父亲有一种很矛盾的情感：渴望接近又害怕接近，渴望父亲带给她那种冒险般的刺激，又害怕父亲的耳光带来的羞耻感。

成年之后，小梨发现这种冒险般的刺激可以通过极限运动来达到，于是喜欢上了极限运动。但早年的那种羞耻感，却让她在与异性的交往上面临诸多问题。咨询师也发现：小梨的择偶观受母亲影响很大；选择之后，如何和男友相处，则受父亲的影响更大。

在与诸多男友的相处中，小梨都呈现出一种模式：感情上只要对方态度不好，小梨"立刻像一只被冻住的小动物，进入了装死状态"。这种状态像极了那个片刻——被父亲打了耳光之后，脑子一片空白，巨大的羞耻感使得她什么都做不了。这种对羞耻的敏感在她与男友的交往中一次次成为障碍，她会很在意对方的态度，即使有时候这种所谓态度上的不好和她一点关系都没有，她也会体会到那种羞耻感。

正是这种羞耻感，一次次让她逃开和男友更进一步的亲密接触。比如结婚，小梨对结婚的理解就是，结婚了就意味着要和羞耻感时时相伴,到时候想逃都逃不开。咨询师曾问过小梨:假如当时四年男友没有爱上别人,你会和他结婚吗?小梨下意识地摇了摇头,实际上在他们感情的最后阶段,小梨自己都觉得是她把男友推了出去,让他爱上了别人,这样她就不用去面对分手的内疚,也不用去面临结婚,更不用去面对那让她动弹不得的羞耻感。

在心理的能量层级中,羞耻感位于最底层,意思是说,这种感觉最具破坏性,严重摧残一个人的身心健康。

为了修复父女关系,咨询师引导小梨一遍遍地还原小时候与父亲互动的场景,小梨也慢慢回忆起了很多细节,也越来越了解那个时候的父亲。某天,小梨和咨询师分享了她读到的一个小故事:

一个小男孩8岁时问妈妈:"妈妈,你多大了?"妈妈告诉他:"37岁。"小男孩义正词严地纠正妈妈:"不对,你才8岁。"妈妈不解地问:"为什么?"小男孩用很长一段话来证明自己的观点:"没有生我的时候,你只是个女孩子。生了我之后,你才是妈妈。我今年8岁了,你当妈妈8年,所以你也8岁了。8岁的妈妈,还是小孩子,肯定有做得不够好的地方。就像8岁的我,也总是有这样那样的毛病。8岁的妈妈和8岁的我都不够

好,所以要相互原谅。"(引自《那个一身毛病的孩子,是大人最好的老师》,作者刘娜)

对于小梨,故事里的妈妈,就是自己的爸爸。

咨询师听完之后帮小梨补充了后面的故事:8岁的小男孩虽然小却很有力量,一次次地自己站起来,就像传达室的小同学一样,总有办法解决困局。

【尾声 & HINTS】

随着与父亲关系的和解,小梨渐渐地在两性关系中变得平和、稳定。她终于明白了,所谓的安稳与踏实其实是自己给自己的,小时候的她就有这方面的潜质,现在的她更可以掌握自己的幸福。

咨询进行到半年多的时候,小梨有了一个固定的交往对象,现在的她继续维持着这份稳定的感情生活,结婚的事宜有望提上日程。

在小梨的故事中我们看到,恐婚的背后其实是想逃离小时候经常感受到的羞耻感。这种感受特别有破坏力,尤其在亲子关系中,很多青少年的自杀就和这种羞耻感有关。富养的小梨在成年之后,仍然饱受这种羞耻感的困扰。

希望小梨的故事能够给不成熟的父母们一些启示。

莫名其妙把主管当成神

很奇怪,明明是想好了再不追求所谓的成功,却被主管一忽悠,就又开启了奔命模式。

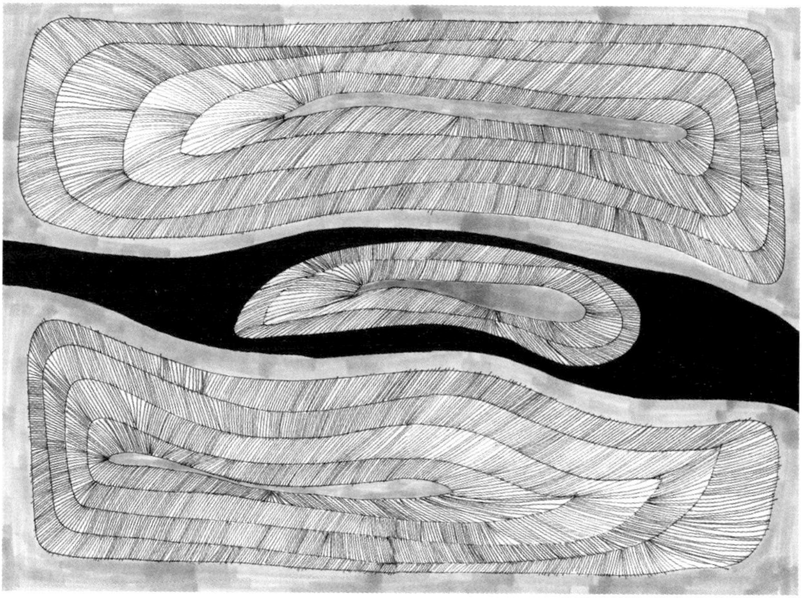

【重启没头苍蝇模式】

因为想换种轻松的活法,可欣放弃了北京优厚的待遇、丰富的人脉以及所谓广告精英的身份,应聘到了古都西安一家出版社,做了图书编辑。

编辑部主管得知可欣以往的职业经历后,交给她一个广告项目,可欣表示不想再从事与广告相关的项目,主管坚持,可欣尽管有点犹豫,最后还是接了。之后,类似业务越来越多,多到一个还没做完另一个就又来了。每一次,可欣都很犹豫,但不知道为什么就是没法拒绝主管,她安慰自己,事也不难,就当帮单位一个忙吧。直到主管交给可欣一个超大的项目——一个要从零开始的全新项目,可欣意识到接了这个项目,自己就彻底回到了在北京打拼的老路上,带团队,维护客户,起早贪黑。

可欣考虑了很久,终于决定当面拒绝他。

她心里有想说但没说出口的理由:几年前父亲的去世,让她明白了关怀和抚慰才是生命中第一位重要的东西,这也是她离开北京的原因。人在忙碌的时候,是被蒙蔽了的,被一种夸大了的表现欲所蒙蔽,追求所谓的成功与辉煌。可欣觉得，主管也是像自己过去一样被蒙蔽着，天天忙得团团转，恨不得住在公司里。听说他有一个可爱的女儿，可欣很想告诉他："嘿，哥们儿，别忙了，去陪家人吧，给他们最多的关心，要不然你真的会后悔的！"

但面谈的结果却是，可欣和主管一样，像个没头苍蝇一样重新忙碌起来……

项目运行了半年，可欣越来越觉得力不从心。客观来讲，项目看起来做得还不错，运营上了正轨，团队也度过了磨合期，但她本人有点扛不住了，不仅仅是工作的压力，还有主管的态度。在她殚精竭虑的这半年里，主管却不过问，不理睬，不支持。每次找他去沟通，要么回避要么拖延，对此，可欣很不理解。有一次，她把他堵在门口问他的意见，他来了一句："你怎么还不如个菜鸟！什么都问我，我的时间宝贵着呢，没空理你！"

这句话彻底惹恼了可欣，照以往的脾气，一定会掉头就走，撤出这个项目，甚至有可能离开公司。但很奇怪，可欣竟又莫名其妙地留了下来。可欣知道自己在主管眼里就像一个透明人——自己做什么都不重要，怎么做也不重要，甚至在不在都不重要。但是，可欣心里憋着一口气，一定要做出成绩来。于是她比以前更忙了，继续做那只没头苍蝇，没有方向地飞。

没想到，半年后，主管突然宣布，业务重点转移，所有工作围绕新业务重新开展，手头现有的项目先放放。先放放？先放放是什么意思？可欣很想追问一下，但一种从未有过的疲惫感袭来，突然就张不开口了。之后，几年没有病过的她开始生病：发烧、咳嗽、头晕，感到一切全不对劲。

【心灵解读：强大的力量来自哪里】

可欣来到西安，原本打算换一种活法，换一种离忙碌越远越好的活法。但似乎一股强大的力量牵着她，不仅让她把丢弃的生活重新捡回来，还变得更加狼狈——在主管眼中，可欣不够独立，不会办事，人际关系差，说话办事还不如一个刚入职的小姑娘。

这让可欣特别苦恼，她摆脱不了这股力量，或者说她摆脱不了主管的控制，于是来到咨询室寻求帮助。

"他真的有这么大力量吗？还是你赋予了他这么大的力量？"

当咨询师把这个问题抛给可欣的时候，她的表情透着迷茫与震惊。

可欣的表情让咨询师想到一个故事，大意是：一个妈妈带着小孩子在一个下雨天开车行驶在公路上。雨越下越大，还有打雷的声音。妈妈看着两边的树木，尽管觉得不安全还是想赶路回家。半路上，闪电击中了一棵大树，大树倒下刚好砸中汽车，妈妈受了轻伤，小孩子被压住了。妈妈硬是凭借自己的力气搬开大树，救出了孩子。事后警察来到现场，发现那棵大树好几个男人搬起来都费劲儿，很难想象一个女人能够搬动，但女人在那时那刻就是做到了，她如何有那么大的力量？

这个故事里有一个心理学中经常用到的技术：隐喻。

故事的核心是力量。可欣明明不想从事广告行业，理由特别充分，但在主管面前，似乎被一种力量推着去做事，这种力量大到让她感到匪夷所思，就像故事中的妈妈救孩子的那一刻所迸发出的力量。由此可以推断出，可欣对主管有一种浓烈的情感在其中。

另外，咨询师问可欣的那句话，暗含着一种外化：可欣对主管的情感在心里，表现在外部，就是明明想拒绝，但拒绝不了——不但拒绝不了，还会对主管交代的事情特别用心，使出十二分的力气做到极致。可欣说，她摆脱不了主管的控制，实际上是她赋予了主管控制的力量，或者说她内心那份浓烈的情感外化成了一份无法摆脱的力量。

【男神为她点了一首歌】

可欣回忆起她与主管来往的过程。

在出版社工作两年时,编辑部来了一位新主管,公司里好多小女孩称他为"男神",可欣感觉人长得很帅,讲话一副老北京腔,听着挺亲切。但不知道为什么,可欣不太敢看他的眼睛。那双眼睛有种既熟悉又陌生的感觉,让她有点害怕,于是她经常会躲着他。

一天下班后,可欣回去取东西,办公室里就主管一人在。他正拿着一沓钱,一边哼着小曲一边数着,那个场景让可欣有点恍惚,于是呆呆地站在门口,直到被他发现:"你干吗呢?""我——我——我钥匙落下了,这就走。"说完,可欣迅速抓起桌子上的钥匙包,逃也似的走了,只听他在后面说:"你以前做什么的呀,这速度这身手……"

到了楼下,可欣长长舒了口气。她几乎是从办公室逃开的,速度之快让自己都有点奇怪,"我怎么回事?"可欣不由地问了自己一句,但还是想不明白,摇了摇头就把这件事放下了。只是打这之后,主管好像对可欣以前的从业经历很感兴趣,总是有意无意间想打听些什么。

可欣也没有刻意隐瞒以前在北京的工作经历,她只是不想回到那种巨大的工作压力之下,不想回到原来围着工作团团转的日子。

有一次跟同事一起去KTV唱歌，主管点了一首《成都》，说送给可欣。歌词没听清，只觉得旋律特别让人放松。这之后，可欣觉得主管亲切了许多。后来，主管再次问起以前的工作经历时，可欣也就全说了。

【心灵解读：潜意识的浮现】

可欣对咨询师说起过一个细节，主管点《成都》给她后，她发现自己的情感有了变化，行为表现是不再躲着主管，而是慢慢走近他。也是在那之后，她开始被动地接受主管有关广告业务的工作安排。

咨询师留给她一个作业：回去之后反复去听那首《成都》，看看有没有什么新的发现？

没两天，可欣就再次约了咨询。她说，回去之后把那首歌反复听了很多遍，想明白了很多事情。可欣说，以前她总以为那是主管给自己的一个承诺：邀请她一起去成都街头走一走。而这一次听的时候，她想到的是和父亲每次假期在家乡的小路上散步。那段时间父亲身体不好，走路拖着脚，医生说走路拖脚和脑部退化有关，要练习抬腿走路，对延缓脑部退化很有帮助。于是，可欣就和爸爸每天两次散步加锻炼，这个过程很愉快，爸爸稍微一拖脚,可欣就建议爸爸歇一歇,然后两人就坐在路边的凳子上聊聊天。

"和我在成都的街头走一走,直到所有的灯都熄灭了也不停留……"可欣每次听到这里最伤心,因为爸爸已去世四年多了。

这首歌于可欣,更多的是在表达她与父亲之间的情感,并不是简单的一首歌。这正好说明了意识和潜意识的区别,意识是我们能够直接感知到的,比如,可欣认为这是主管给她的一个承诺:邀请她一起去成都街头走一走。而潜意识则更加隐蔽,很多时候我们感知不到,除非用一些特别的方法,比如自由联想。自由联想是弗洛伊德使用的一种接近潜意识的方法,让病人在一个比较安静与光线适当的房间内,躺在沙发床上随意联想。治疗鼓励病人打消一切顾虑,想到什么就讲什么,这期间治疗师不轻易打断,只在必要时作适当引导。自由联想法的最终目的,是发掘病人压抑在潜意识内的情绪情感,把他们带到意识中来,使病人对此有所领悟,从而恢复心理健康。

咨询师布置给可欣的作业和自由联想的原理类似,可欣在《成都》这首歌的引导下想到了和父亲的互动,也由此揭示出可欣内心的潜意识愿望:和父亲散散步、聊聊天，轻松愉悦地生活更长时间。

【子欲养而亲不待】

四年前，可欣辞了北京的工作来到西安。虽然来到一个陌生城市，但她并不感到孤独，父亲的童年就是在这儿度过的。

来西安前，可欣在北京广告圈打拼了十年。那十年，她用不堪回首来形容：每一天都特别紧张，每一天都有箭在弦上的感觉，那是一种类似创业者的状态，就像在真空中，你不知道你的决定是对的还是错的，也不知道该往哪里去，生活被一种不确定和不安所包围。

来到西安，可欣想从零开始，换一个行业，换一种活法。这里没有人知道可欣的经历，没有人知道可欣曾是广告圈的所谓精英。可欣在简历里抹去了相关的经历，找了图书编辑的工作。这份工作不用出差，不用加班，没有太多的应酬，虽然薪水只是以前的四分之一，但足够日常开销，她很满意。

更重要的是，从北京到西安，可欣明白了一个道理：所得和付出大体成正比。以前挣得多，但忽略了太多东西，比如亲情、友情、爱情等，尤其不该忽略的是父亲。

父亲得的是慢性病。那时候她正在北京忙一个项目。

父亲在住院期间经常给可欣打电话，那时候她大概觉得和父亲还有很多时间相处，总是忙得顾不上接电话。有一次好不容易接了，因为正在开会，说一会儿打回去，结果又给忙忘了。父亲去世后，可欣哭了好几天，终于明白已经永远失去亲爱的爸爸。

那几天，可欣什么工作都没有做。回到单位，发现项目照旧运转，自己似乎并没有那么重要。对于生病的父亲而言，女儿的陪伴本来是多么重要和不可代替，然而她再也没有补救的机会了。每次想到这些，可欣的心里就像针扎一样难受。子欲养而亲不待，这就是她最大的伤痛和遗憾。

父亲走后，可欣决定来父亲生活过的地方，重新开始一切。

【心灵解读：移情需要被修通】

可欣记起了很多关于父亲的细节。她说，父亲曾经多次提到西安，十来岁的时候，父亲就跟着爷爷到那儿做生意。她于是对这座城市也有了好感，一个人走在西安街头，她经常会脑补一个场景：一个小男孩跟在父亲身后吆喝、拿货、收钱、数钱的样子。

可欣对父亲数钱的记忆尤其深刻，这就是为什么会被主管打动的原因。那天，她无意间看到主管数钱的情景，从表情到动作几乎和父亲一模一样，那是她童年最深的记忆。还有，主管的眼神也有几分与父亲相似，所以初见的时候她有点恍惚，很想盯着看，但又不好意思，现在明白了，其实那个眼神会让她想到父亲。

故事到这里，这份浓烈的情感渐渐清晰起来，可欣把原来对父亲的情感放在了主管身上，这在心理咨询中有一个专业术语叫"移情"。移情是指来访者将过去对生活中某些重要人物的情感太多投射到咨询师身上的过程。移情的发生非常普遍，在同事关系、朋友关系中都有可能发生。当来访者的情感达到一定强度时，他们会失去理性的客观判断力，移情至咨询师或其他对象，就好像移情对象是他们生活中的重要人物一样。

形成移情的基础，是个体在与双亲或其他人际关系中的关键人物之间存在的未能处理妥当的情绪和情感。发生移情时，来访者过去未曾解决的情绪情感，会使他们对移情对象的知觉和反应方式产生变形。

在这个故事中，由于父亲过世前可欣较少顾及其感受，而产生了巨大的负疚感，这种负疚感使得她赋予了这个像父亲一样的主管如此大的力量。

随着咨询的进行，可欣对父亲的负疚感得以顺畅地表达,她渐渐认识到:父亲是父亲,主管是主管,这是两个人。

移情的修通就是让我们看到情感背后的真相。

【尾声 & HINTS】

明白了主管和父亲是两个人后,可欣逐渐减少了与主管的私人接触。她明白,点歌那些手段不过是主管拉拢人的一种手段。在新安排的工作中,她也调整自己的状态,尽量做好,但不会为了业绩对自己有严苛的要求,也不再为了得到主管承认而累得吐血。

清明的时候,可欣去墓地看望父亲。她轻轻擦去墓碑上的浮土,摸了摸照片上父亲额头隐约可见的皱纹。她弯腰把鲜花放在墓碑前,轻声说:"爸爸,我知道你在天上看着我。放心吧,我很好。"

我们的生活是由很多个格子组成,每一个格子有每一个格子的精彩。当你的生活只剩下一个格子或很少的格子时,就会对这仅有的格子异常地在意,当这种情况发生时,说明你可能对这个格子"移情"了,这个格子可能是一个人,可能是某个场景,更可能是对某个场景中的某人有一份浓烈的情感。

试着去觉察这份情感,这对你很重要。

被病菌吓哭

一个亲戚来看孩子,竟然把宝妈吓哭了。

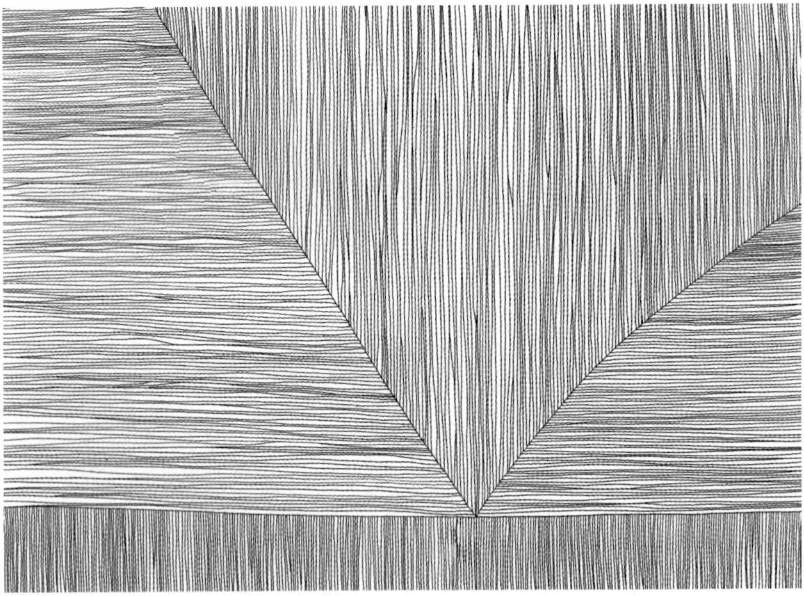

【都是飞沫惹的祸】

山山一直很庆幸自己产后没有啥抑郁症,可是一场突如其来的打击,瞬间把她送到了崩溃的边缘。

孩子满月的时候,丈夫老家的表姐来探望,还在家里住了几天。

表姐特别喜欢孩子,娃睡着的时候摸手摸脚;娃醒着的时候总从山山和月嫂手里要过去抱;孩子哇哇大哭她也不烦,又亲又哄的……长辈们也都夸表姐带孩子有经验。一切看上去都很完美,除了她的嗓门有点大。

山山总担心表姐吓着宝宝,但山山一提出来,表姐就表示:第一,这个习惯很难改,第二,应该让宝宝适应不同的环境。虽然山山很想说,嗓门大本身就不是好习惯,为什么要让人适应。不过,要是再抗议就显得不尊重亲戚了,就没再说什么。但她总觉得还有什么地方不对劲。

当山山发现月嫂也总抱着孩子躲着表姐的时候,就问了下缘由。月嫂的回答让山山恨自己问得太晚,对育儿了解得太少。

月嫂说,最好不要让外人抱孩子亲孩子,摸手摸脚,因为不生活在一起的人，你不了解对方身体什么状况，有没有病菌。而且孩子喜欢啃自己的手脚，别人摸孩子手脚，就跟让孩子直接吃病菌一样。

让孩子吃病菌？被吓到的山山赶紧上网查资料。原来，不要亲吻孩子的原因是，成人的唾液包括飞沫会传染疾病，健康的成人口腔里尚且存在很多孩子难以抵御的病菌，何况是病患，如近期得过皮肤病、肠胃炎等疾病的人。

山山一看，心想，肠胃炎也属于传染病？这么大范围，那完了。丈夫说过表姐最近来北京，就是为去医院照顾一位于她有恩的老领导。山山沮丧地想，表姐白天经常往医院跑，这医院里来来回回几趟，不知道带回来多少病菌呢。

正郁闷，链接里又蹦出一篇文章，不看还好，一看山山差点眼泪直接掉下来。文章讲的是，一个外国小孩被成人的亲吻传染上了口足疱疹，最终不治身亡。山山脑子里过电影一样回忆表姐在家的这几天，她不但亲过孩子，说话时还口沫横飞，她的飞沫保不齐已经进入孩子嘴里了，宝宝也许早就被感染了……想到这儿，山山心都碎了。

为此，山山还带宝宝去看了儿科医生。医生表示如果婴儿没有发病就没关系,但有些病菌潜伏期有可能比较长,现在不好判断。这种不确定答案,让山山更难受了。

山山跟丈夫说了好几次自己的忧虑,他开始表示理解,还安慰山山。可他工作太累了,回家还要听山山唠叨,有一次听着听着竟然睡着了。

孤单中的山山陷入无比的自责,觉得自己没有照顾好孩子,对于以后,她也很想问问,表姐还打算在这里住多久?

【心灵解读:原初母爱贯注期】

从山山的叙述中能看出她特别焦虑,整整一小时的咨询,她都在围绕孩子说着事件的前因后果。

孩子刚刚满月,这时候的母婴关系处在一个特殊时期——原初母爱贯注期,意思是说,妈妈的注意力全部都在孩子身上,全神贯注于孩子的一举一动、一点一滴,眼里没有自己也没有别人,只有孩子。这就是每一个母亲最初的母爱表达,当过妈妈的都对此深有体会。

很多新手妈妈在孩子出生的时候,不化妆,不买漂亮衣服,甚至很少出门,心思几乎都在孩子身上,很少关注自己和他人。表姐的到来,对山山的心理造成了很大影响,因为关注孩子的心思和专注力被打断了。

另外,由于山山初为人母,这件需要全神贯注去做的事情还没做顺手,也就是说,山山尚未建立起一个当妈妈的自信。但她先后求助的月嫂、网络、儿科医生,因为各种原因,让她陷入更大的恐慌。

在这个原初母爱期,山山需要逐渐恢复起自信,因为最好的母亲养育来自妈妈天然的自我信赖与独立自信。山山需要明白一件事情——照顾宝宝是每个妈妈天生就会做的事情。

当咨询师把这个观点传达给山山的时候,山山虽然依然面露疑惑,但眼睛亮了一下。咨询师问:"你小时候喜欢玩洋娃娃吗?"山山说:"喜欢。"咨询师继续问:"有人教过你吗?"山山摇了摇头。咨询师接着说:"所以只要你爱宝宝,你就能做很多事情,这就像你会玩洋娃娃一样无须理由。"

山山焦虑的症结,在于她觉得自己什么都不会做。

【来之不易的宝宝】

山山是独生女儿,从小生活比较优越,特别爱玩。结婚前,她跟丈夫说好坚决做丁克家庭,小旅行要经常有,国外旅行则每年至少一次。她可压根没想过要生个孩子来拖累自己的潇洒生活。

初夏，山山工作不顺心辞了职，本来想就此就先休息一段时间去旅行，还约好了另外一对丁克夫妻同行。不想却意外怀孕，原本跟山山观念一致的丈夫率先变卦了，加上长辈的压力，她极不情愿地当上了孕妇。

毕竟是没有孕产知识储备及心理建设，从怀孕到生产，山山出现了两次非常严重的焦虑。

第一次出现在孕中期。大医院病人多大夫忙，每次产检从挂号、检查、出结果、问诊……都要折腾一整天，她已经觉得很烦了。尤其是问诊环节，面对一堆检查单子和攒了好久的问题，忙碌的大夫却并没有时间答疑解惑，无非是没事走人，有事吃药，山山总是无知而来又无知而去。上网咨询网络医生呢，似乎也无法达到面诊的效果。

一次听孕产课时，她才知道包括自己建档医院在内的大部分医院都没有无痛分娩。也就是说，顺产的时候不打麻药，而且现在都建议顺产，只有顺不下来，到了剖宫产阶段才给打麻药。虽然大夫也解释了，顺产不打麻药对大人和孩子都好，可山山一听，妈呀，那不是要疼死人吗？一般生产要2-8个小时，已经挺吓人了，山山有一个朋友更倒霉生了两天……山山完全不能想象自己能忍受那么久的疼痛。

本来就处于长期郁闷中的山山终于崩溃了。她焦虑得一整夜没睡。还好宝爸脑子灵活，第二天一早就给妻子办手续转到了一家可以无痛分娩的私立医院，山山的焦虑才缓解下来。

【心灵解读：孕期宝爸的作用】

山山的焦虑在丈夫的帮助下缓解了，我们想借此说一说，在妻子怀孕以及产后，宝宝的爸爸能做些什么。按照中国的传统观念，似乎生孩子是女人的事情，这其实是社会学的分工。从心理学的角度看，爸爸这个称谓意味着在怀孕时就有了育儿的任务。怀孕期间，妈妈的育儿任务是保持良好的心态，照顾好自己的情绪，让自己尽可能多地处在愉悦与平和的心境中，从而促进宝宝的成长发育。许多胎教音乐、书籍等都是想达成这样的目的，通过改变孕妇的心理状态来更好地影响宝宝。

这个时候爸爸能做什么呢？在怀孕及产后的一至两年，爸爸最大的作用是保护母婴之间的连接不被打断。如果妈妈处在焦虑中，且这种状态持续过久，势必影响母婴之间的状态，所以山山的丈夫能在这个时候果断做出更换医院的决定，其实是很明智的。

或许会有人说山山娇气，对分娩之痛过分担心，其实，处在怀孕期的妈妈受生理影响甚大，身体本身处在急剧的变化当中，激素水平等都会影响她的心理。这个时候，家人的无条件支持就是最好的照顾，爸爸的容忍、关注则显得格外重要。说得再直接一点，能够保护妈妈和宝宝不受外界或别人的干扰，就是爸爸最大的责任，因为母婴之间的亲情连接才是养育孩子的精髓和本质。

【宝宝你还在吗？】

第二次焦虑出现在进入孕晚期的时候。有一天凌晨三点左右，山山突然腹痛难忍，她却无知无畏地想着，咦，难道我要生了吗？山山把自己收拾利索，叫醒丈夫，紧张、兴奋地到了医院，一心盼着赶紧卸货。没想到大夫却说，离生还早着呢！

在医院观察了三天，医生说没有问题就回家吧。山山正准备撤，又腹痛了，还是同一时间——凌晨三点。那时的山山害怕了，偏巧那个时间平时都很活跃的胎动一点没有。按铃后，在等待大夫过来的几分钟里，简直是一种煎熬。那时的山山，轻轻地拍着自己的肚子说，宝宝，你还在吗？说着眼泪就掉下来了。不知不觉，山山已经慢慢接受了这个小家伙，肚子里的生命却似乎还没有接受山山这个不合格的妈妈。

大夫进病房后，先安排做了胎心监测，结果正常。

紧接着的一系列检查，大夫会诊后迅速做出了方案：由于发现了孕妇身体的一些特殊情况，当天就做了剖宫产——小家伙早产了。

山山本来以为随着孩子的出生，自己的压力都解除了，没想到这才是开始。

【心灵解读：两种成分并存的爱】

听着山山的叙述，咨询师脑海中突然浮现出自己怀孕时的种种情况。咨询师感觉自己不断地在心理咨询师和妈妈这两种角色间切换，而且在情感上更倾向于后者。咨询师突然深切理解了导师说过的一句话：作为心理咨询师，你得先是一个人，唯有如此，你才能够对来访者有人性的理解与关怀。

要成为一个妈妈，山山必然会经历很多的辛苦，各种的害怕与担心，自己的无知与多虑，胎儿的营养与分娩，等等。但正是经历了这些辛苦，才能看透育儿的本质——把宝宝看成一个人。在承受了如此多的辛苦之后，妈妈肯定觉得宝宝值得被当成一个人来认识，而不是被当成一个小动物和物件来对待。

但这有一个前提，妈妈首先要把自己看成是一个人，这也是心理咨询师试图让山山去理解的。山山说自己是不合格的妈妈,觉得自己不是一开始就爱孩子的,之前坚持丁克,觉得养孩子是一件很麻烦的事情,不想孩子拖累自己的生活……为此她觉得特别愧疚。

对于山山的愧疚,咨询师试图让她明白,母爱是相当自然和天然的事情。母爱中既有占有他、吃掉他,甚至"恨死这孩子"的欲望成分;也包含着慷慨、力量及谦逊的成分。我们是真实的人,真实的妈妈,就会有这两种成分并存的爱。

听了这样的诠释,山山似乎释然了很多。她说,当妈妈以来,她经常挣扎在"我不是个好妈妈"这样的评价泥沼之中。在她的印象中,母亲就得是伟大的、付出的、无私的,而自己好像离这些词都比较远——自己爱玩、娇气、忍不了疼、受不了冷。虽然她一直想往"好妈妈"的方向靠,但越努力越发现自己弱点多。

山山的困惑其实是很多新手妈妈的困惑:怎么就做不到所谓的好妈妈呢?心理学上没有好妈妈的术语,倒是有一个接近的术语"足够好的妈妈"——在开始的时候,妈妈几乎要完全适应婴儿的需要,但随着时间的推移,她逐渐适应得少了,而婴儿将根据自己逐渐增长的能力来应付她的失败。在应对的过程中,婴儿学会了越来越多的事情,而从妈妈的角度来看,就需要很坦然或释然地去面对生活中的失败。

"足够好的妈妈"这个理念有其实用的价值，比所谓"完美妈妈"要实用得多，因为人性本身就有其阴暗的一面，比如爱中有恨，恨中有爱的情感才更真实，妈妈也一样，承认恨、承认自己的失败，也是母爱中很有力量的一面。

【尾声 & HINTS】

随着咨询的推进，山山越来越能感觉到自己的力量。当然，养育的过程中，麻烦还是会不断来袭，此时的山山会很有底气地让宝爸去处理。

比如表姐，她并无恶意，宝妈也把问题看得过于严重，但表姐的卫生状况确实对婴儿有一些不利影响。宝爸跟山山商量后，委婉地把表姐"劝退"了。在其他的事情上，宝爸也越来越听取山山的意见。在育儿的过程中，爸爸参与进来是很重要的，他能够充分保护妻子和宝宝不受外界或别人的干扰，保护母婴之间的亲情关系不被打断。这一点让山山心里很踏实。

最后还是要重复那句话：最好的母亲养育来自妈妈天然的自我信赖与独立自信，请每个妈妈都相信：照顾宝宝是你天生就会做的事情。

B

心理问答录

一

问：进行心理咨询和去医院看病有什么异同？

关键词：咨询目标

答：

1

相同的地方在于，无论是去看病，还是进行心理咨询，前提都是来访者的身体或心理出现了一定症状，而且都是来访者本人觉得自己某些地方不对劲，于是去寻求帮助。所以，有时心理咨询师需要具备与医生相似的思维：来访者/患者为什么来到这里？为什么现在来到这里？

主要的不同在于，去医院看病的目的往往很直接——即症状的改善，或者祛除、消失；心理咨询的目的，则是改善自己的生活质量。生活是复杂的，所以如果想要达到这样的目的，作为心理咨询师，需要去了解每一位来访者独特的认知、情绪以及行为方面的问题，专业术语称之为"案例分析"。

2

案例分析就是对来访者进行分析,其目的是为了达成改善来访者生活质量之目标。心理咨询针对的不仅仅是症状,症状之外的东西也是我们所特别关注的。就像精神分析治疗师南希所说:"当我们谈论治疗进展,应该是指治疗是否达到一系列的治疗目标,而并非只考虑患者求诊时的症状是否缓解。"这也是心理咨询与去医院看病之间最根本的区别。

在改善来访者生活质量的终极目标之下,还有一系列较小的治疗目标,包括异常心理症状的缓解或消失、内省力的发展、自主感的增强、认同感稳固、以现实为基础的自尊心增强、认识与处理情绪的能力得到改善等诸多方面。

作为来访者,也可以根据自己的情况来进行判断,在这些治疗目标中,自己目前处于怎样的位置。在心理咨询中,我们希望来访者这些小的治疗目标都有所改善,所以相对医生诊病而言,心理咨询会更复杂、更微妙一些。

3

从心理学角度看,二者还有一个相同点——信任,信任你的医生,信任你的咨询师。这一点很关键。在去医院看病的时候,我们需要清楚、坦白地告诉医生,自己目前的症状是什么，对什么过敏，这样医生才能更好地对症进行治疗。

心理咨询的过程更为复杂，这意味着信任更加重要。所以，作为心理咨询师，取得来访者的信任是非常必要的；而作为来访者，要尽量去信任心理咨询师，随着咨询关系的逐步建立，将各方面的事情、想法和感受与咨询师进行讨论，敞开心扉。

临床经验表明，越是对咨询师敞开心扉的来访者，在症状改善、内省力增强、自知力提高等方面发生改变相对越会快一些。

二

问：心理咨询的性价比如何？去做心理咨询值不值？
关键词：情感支持
答：

1

这或许是很多来访者内心的疑惑：心理咨询到底能给付费的来访者提供什么样的服务？它的性价比又体现在什么方面？

其实，心理咨询师和来访者之间本质上是平等互惠的：来访者付费；心理咨询师则提供情感支持和专业技能。

专业技能是一个咨询师的基本功，来访者未必有直观的感受，但情感支持一定是能够被感受到的。当来访者能够清楚地感受到咨询师给予自己情感方面的支持，同时也越来越相信咨询师的专业技能可以帮助自己，就会觉得花费的金钱是值得的，说通俗一些，就是性价比还不错。这是治疗关系上的互惠与平等。

2

有人可能会问，情感方面的支持，我可以在朋友那里得到，为什么需要专门付费给心理咨询师呢？的确，朋友可以给予我们情感支持，但朋友无法持续、稳定地以一种以你为中心的方式给你情感支持。在你需要支持的时候，朋友可能在忙，可能恰好也需要来自他人的支持。心理咨询则不同，在咨询室里，这段时间专属于咨询师和面前的来访者；咨询师所有的关注点、问话等，都是以来访者为中心的，这种情感支持完全指向来访者。作为心理咨询师，我不会希望从来访者那里得到情感支持作为回报。

至于专业技能，每一位心理咨询师都受过专业训练。

以倾听为例,要怎么去听来访者说话?要听哪些信息?发现问题怎么处理?这些都涉及咨询师的专业技能。当然,还有我们经常讨论的伦理议题、理论知识、各个流派的治疗方法和技巧等,咨询师需要系统地学习并掌握,不断打磨自己的专业技能,更好地服务于来访者。

3

最后我想说,很多事情你需要经历过、体验过,才知道是不是合适。就像恋爱或相亲,这个人到底适不适合和你组成一个家庭,交往之后才知道。心理咨询也是一样,可能来访者需要先和这个咨询师会谈一小时,才能够决定:他是不是适合和我一起继续做咨询,是不是让我信任,让我愿意将自己的一些经历、遇到的问题说给他听,让他来帮助我解决问题。

总之,心理咨询的价值需要你迈开最重要的那一步,先试一下,才能够真正知道。

三

问:我需要做心理咨询吗?如何判断?
关键词:咨询体验

答：

1

在心理咨询中，有一条原则，即谁痛苦，谁求助。

举个简单的例子，在某个家庭中，妈妈天天唠叨，孩子感到不胜其烦。于是孩子建议说："妈妈，你应该去做心理咨询。"而妈妈对此置之不理。

在这个场景中，妈妈的唠叨就是其调节情绪的一种方式。这种方式妈妈很习惯，不习惯的是孩子。是孩子受不了妈妈的唠叨，同时也找不到更好的办法应对，于是内心感到痛苦不堪。在这种情况下，相比妈妈，如果是孩子，即关系中更痛苦的一方来求助，改变的动力就更强，心理咨询的效果也会更明显。

也许有人会说，那孩子建议妈妈去做心理咨询也是一种应对方式，为什么就没有效果呢？原因很简单，妈妈没有痛苦到要去做心理咨询的地步，这种方式或许不是她最需要的。妈妈虽然天天唠叨，但一个行为模式天天做，背后一定有其获益的部分。比如，妈妈通过这样的方式和孩子交流、排解自己的情绪，她获得的是和他人以及自己的联结，这的确是调节心理的一种方式。相比于心理咨询，唠叨使妈妈收益更大，于是她对孩子的建议置之不理，也是可以理解的。劝说他人去做心理咨询往往作用不大，也是相似的原因。

由此可以看出，心理咨询的动力需要从一个人的内心出发：谁痛苦，谁求助，谁改变。

2

第二条原则：痛苦是内心的体验，外在很难衡量。

我们到底痛苦到哪种程度？是还能忍受还是不能忍受？是必须求助于外界还是自己能消化？这个问题只有自己最清楚。

心理咨询很看重一个人内心的体验，在判断自己是否需要做心理咨询这件事情上也是如此。痛苦的感觉是你在经历着、体验着，所以也就只有你自己最清楚它现在处在哪种程度上。有的人会去做各种各样的量表，看一下自己的抑郁指数、焦虑指数等，这都是有用的。但从另一方面来看，这都只是辅助我们进行自我探索的工具，最终的判断，以及做出决定是否求助于心理咨询，还是要依据自己内心的体验。

理解自己内心的体验，往往需要我们将自己沉浸其中。举个例子，余华在写《活着》的时候，第一稿是以第三人称"他"来叙述故事的，但写到一半时怎么也写不下去了，然后他做了一个很重要的修改，把第三人称改成了第一人称，结果很顺畅地完成了整部作品。对于内心痛苦的体验也是如此，如果我们跳出来去谈论痛苦，经常呈现被卡住的状态；而把自己投入进去，才可能对内心的痛苦有更准确的理解和判断。

那么，如何判断内心的痛苦体验是否到了要寻求专业帮助的程度呢？每个人对于痛苦的耐受都不一样，不妨试着给自己体验的痛苦程度进行排序，例如：想一想你所经历的事情当中最痛苦的那件，体验它带给你的感受，然后给这种感受打一个分数：10分。再想一件不怎么痛苦的事件，也去体验它带给你的感受，可能是3分，亦可能是2分。依据这两个分数，我们目前体验到的痛苦程度就比较好判断了。个人不建议大家到了10分的痛苦程度再求助于心理咨询，因为到这时，心理状态已有了太多的损耗。相比之下，8分可能就已经达到需要寻求心理咨询帮助的程度了。

3

第三条原则：主动求助意味着主动改变。

最后，我们来谈一谈心理咨询中的动机问题。心理学中动机指的是激发和维持个体的行动，并将使行动导向某一目标的心理倾向或内部驱力。

动机在咨询中的作用体现在两个方面：第一，激发功能，这就是之前提到的"谁痛苦，谁求助"。痛苦会激发一个人向外寻求帮助,而寻求帮助只是改变的第一步,心理咨询要想有好的效果,双方还要在这之后做许多努力。这就涉及动机的第二个作用:维持和调节功能。说到底,心理咨询目标能否达成,关键还是要看来访者能否做出改变。改变如何发生?动机越强烈,改变的可能性越大。这其中,来访者的主动性是很重要的。

医学领域有一句话叫"医不叩门",意思是说,医生不会主动去敲开病人家的房门说:"来,我给你治病吧!"因为这样很容易激起病人的防御心理,病人很可能会说:"我好好的,治什么病!"相似的场景也经常发生在劝别人去做心理咨询的情形中。一些学生对心理咨询入门后,会建议周围的朋友遇到心理困扰就去看心理咨询,觉得心理咨询一定能够帮到他们。心理咨询或许真的有帮助,但前提是当事人必须主动求助。这样,在后续咨询工作中,来访者和咨询师建立起的工作联盟才够牢固,来访者才能够真正从心理咨询中获益。

从这个意义上说,心理咨询师反而是咨访关系中相对被动的那一方。这种被动体现在,我们需要有足够的耐心,等待来访者做好准备迈出第一步,做好准备做出内心的改变。当来访者做好这样的准备时,也就到了心理咨询发生的时机。

四

问：如何找到一位靠谱并且和自己匹配的心理咨询师？
关键词：咨访匹配
答：

1

首先，寻找咨询师这件事情是需要本人参与的过程。就我的一些临床经验，我发现，之前对我有所了解的，我们的咨访关系就建立得越是容易，后续的工作也越顺利；而对我一点儿都不了解，甚至连我的简历都没看过，直接听别人推荐就过来找我的，我们的咨访关系和咨询工作进展就会比较缓慢一些。

那如何找呢？

比较理想的情况是，选定的咨询师你之前见过，比如，你听过这个老师的课或者参加过他的沙龙，感觉还不错，那这样做咨询相对比较顺利。这个背后的理论根据是心理学的认同机制，即在正式的咨询开始之前，你的潜意识已经认定了一些观念：比如这个人是值得信任的，这个人是靠谱的，这个人是可以帮助我解决问题的，等等。有了潜意识的帮助，后续的咨询工作更容易展开。

有人问：有些时候，我就是没办法在现场认识咨询师,那如何做呢?我的建议是,至少你要看看这个咨询师的照片,看照片的感觉比所谓的资质、学习背景、受训背景等更靠谱,这亦是潜意识的作用机制。潜意识接收信息的方式是形象化的,以情感模式为主(资质等理性分析不属于潜意识的范畴),如果看到照片你觉得这个人在你面前你会愿意跟他敞开心扉,这种感觉就对了。

也许有人会问:你为什么如此强调潜意识,强调感觉?心理障碍大多是在潜意识层面出了问题,和意识层面关系不大,故我们关注潜意识。

从某种意义上说,选择咨询师就意味着咨询开始了。

2

选择好咨询师之后,就进入咨询环节了。不管你是否对自己的咨询师有所了解,都会存在咨访匹配的问题,而且会贯穿咨询的始终。

心理咨询是两个人之间的深度交流,一个咨询师和一个来访者匹配的关键要素是相信——即你相信他能够帮助你,而且能够把你从那种心理阴影中带出来。这里包含两个关键词,一个叫相信,一个叫希望。相信类似于你和朋友在一起,你愿意跟朋友去聊很多事情,愿意敞开心扉,把心里的秘密说给他听,这就是一种相信。

但光有相信还不够。有人觉得我在这个人面前很敞开，比如是从未谋面的一个网友，跟他可以肆无忌惮地什么都说，但这样的沟通不见得能起到咨询的效果。而一个咨询师还要起到另外一个作用，就是给来访者以希望。这种希望是指咨询师的专业知识会帮到你，咨询师的人格魅力会影响到你。这些都可以帮助你更好地走出困境。

这种咨访的匹配就像是你掉进了一个坑里，"相信"是你相信有人愿意跳进来陪着你，"希望"是有一个愿望，当你做好准备的时候，这个人会拉你上去。所以，相信能给人一种踏实的感觉，希望更多的是一种力量。心理咨询中，这两种感觉都很重要，而且缺一不可。

其实，来访者和咨询师的匹配是一个比较大的话题，目前仅从特别宏观的角度给了两点建议：一个是相信的力量，还有一个就是给来访者以希望，这种组合的品质是我认为的比较匹配的理想情况。

五

问：如何知道一个人是不是成熟？心理学上如何判定？
关键词：心理成熟

答：

一个人的心理比较成熟可以从很多方面来看，心理学上有很多维度可以衡量一个人的成熟度，说说特别重要的几个维度吧。

1

第一个维度就是内省力。

内省力是一个人心理成熟或者健康的一个必经之路。内省力就是这个人善不善于反省，比如我们平时都会生气，很多人发泄完就完了，善于内省的人则会想一下：我为什么会生气？这个人说了哪些话激起了我这样的一种情绪？我为什么会被激起来？这就是一个内省的过程。

缺乏内省的人呢，往往会停留在事情上，也就是我们通常所说的就事论事。就事论事在工作中是没有问题的，在生活中你会发现苦恼太多，怎么这种事情老能让你特别的崩溃？这种人怎么老能让你那么讨厌？我们都不希望在同样一个地方跌倒两次，但却总在重复这样的事情，这个时候就需要内省力。

善于反省的人，心理学上评定其心理成熟度比较高。不善于反省的人，总认为事情就是这样了，或者被迫接受，或者发泄情绪，下一次可能依然停在这个地方。我们说这样的人比较孩子气，也就是我们所说的心理成熟度比较低。

2

第二个心理成熟的表现就是自主感。

什么叫自主感？就是自己做决定的一种能力，或者说是内在的自由感，这是一个人最珍贵的心理状态之一。举个例子，我们经常会有情绪特别低落的时候，比如在抑郁的时候，会什么都不想干，干什么都提不起兴趣，这时就是丧失了内在的自由感，会认为自己的内心没有办法控制自己。这种状态表明其心理状态比较差。如果长期这样或经常这样，心理学上会评估这个人的心理成熟度比较低。

一个心理成熟度高的人，他的自主感是比较强的：他知道自己想做什么，而且知道如何能达成。表现出来就是他自己可以做决定，行动力比较强。一个人自主感如果不强，其表现就是经常会问别人的主意，没有办法自己做决定，别人怎么说他就怎么做。那么，这样的人自主感就比较差，心理成熟度相对来说也比较低。

3

第三个就是认同感，尤其是自我认同感。自我认同感的意思就是，很清楚地知道自己是谁，自己想要什么，包括想要一种什么样的关系。如果一个人在这些方面很清楚的话，他就可以做到很坚定地去做一些事情，内心就不会有那种起起伏伏的变化。举个例子,印度电影《摔跤吧!爸爸》里的那个父亲,周围人都说让女儿摔跤这事不靠谱,但他就认为此事靠谱,说明他内心有很强的认同感。他知道自己是一个摔跤冠军,他想让自己的子女拿到冠军为国争光。他想要的不仅仅是父女关系,而是一种教练和教员之间的关系,他知道这种关系可以把女儿带到更高的高度,所以他就一直坚持下来了。

一个人能坚定地走一条路,或者坚持做某件事情,说明他内心一定有一个很强烈的认同感。这个认同感可能是认同某个人,但更多的是认同自己,这是一个人心理成熟的表现。

4

第四个就是认识并处理自己的情绪,也就是情绪管理。

面对情绪,我们经常说让情绪发泄出来。心里成熟度高的人还有一个能力,就是可以认识自己的情绪。认识情绪是什么意思呢?这包括识别自己的情绪和知道情绪被激起的原因,即我此时此刻是什么样的情绪,是生气、焦虑还是愤怒,我为什么如此生气、焦虑或者愤怒。

知道了情绪背后的原因有什么好处呢?当你知其然还能知其所以然的时候,你就有了更多的选择。比如,当你作为父母对孩子发火的时候,如果还能够知道自己为什么发火,第一种可能是,孩子真的是做错了;第二种可能是,自己在别处受了气迁怒于孩子;还有第三种可能是,在生自己的气;或者还有第四种可能……当知道了生气背后的原因后,我们就可以从容应对。

心理学家温尼科特曾经观察到,好母亲和坏母亲之间的差异并不在于犯不犯错误,而在于如何处理所犯的错误。当我们知道情绪背后的原因之后,才能更好地管理情绪。

5

第五个,一个心理成熟度比较高的人往往表现为自我协调性好。

心理学上讲的"我",并不是单单指看到的一个肉身,还包含了很多内容。比如内心的一种欲望或者是冲动,例如我见这个人我就想打这个人一顿,骂这个人一顿,这是内心欲望的部分或者说"本我"的部分。第二部分是道德理想,比如在某种情境下,我要做一个助人为乐的人,做一个顾全大局的人,所以我会舍弃自己的某些利益去帮助别人,这个部分是"超我",更多地体现在道德和规则方面。还有一个我需要应对现实,现实要求掌握某种技能才能实现自己的理想,于是我学习各种技能,适应社会这部分称为"自我"。

一个成熟度高的人，内心的这几个"我"可以比较和谐相处，不互相冲突，这就是自我协调性。

6

最后一个，一个成熟度高的人，往往表现为内心比较愉悦、平和。

内心的愉悦与平和并不是每个人都有的。什么情况下会达到一种愉悦、平和呢？比如你没有压力可以睡到自然醒，到大街上随便走一走，看见周围的一切都觉得很和谐，会发自内心地喜欢这样的环境，这就是一种愉悦感。

平和就是心平气和。

总之，一个人波澜不惊，遇事特别沉稳，他的内心即是一种相对稳定与平衡的状态，是心理成熟度比较高的表现。

六

问：如何克服怕鬼的心理？
关键词：恐惧

答:

1. 恐惧实验

恐惧实验是一种心理实验,可以说明心理学上的恐惧是如何出现的。

实验是这样操作的:一个婴儿,从来没见过毛茸茸的东西,比如兔子。让他去摸,这个时候他是不害怕的,而且还很好奇,因为好奇内心还有一种愉悦感。如果我们在他刚要接触毛茸茸的兔子时,在旁边制造一点噪音,比如说拿铁器互相敲击发出"铛"的声音,这种声音非常刺耳,大人听了都会捂住耳朵,婴儿听到则会特别害怕,因为这个声音会带来非常不好的感受,这种感受之前又没有经历过,于是就会很害怕,也就是我们所说的恐惧。实验的操作是每次他伸手摸毛茸茸兔子的时候,外界就会敲击铁器,这种不断强化的结果是,这个婴儿见到毛茸茸的东西就害怕。

这种毛茸茸的东西一开始是兔子,之后就会泛化,所有带毛的东西他都害怕,比如狗、猫,甚至连大人皮大衣上面的毛绒衣领他都会害怕。这就是恐惧实验的整个过程。

2. 怕鬼到底怕的是什么呢?

借由这个实验,我们来分析一下怕鬼的恐惧是如何产生的?

小孩是不害怕鬼的,因为他对鬼没有概念。你告诉他鬼是穿着黑衣服的,他会觉得很好玩,而如果到了害怕的程度,他怕的可能不是鬼,有可能是那时候有个类似"铁器敲击"的外界存在。所以,我们需要看那时那刻周围的环境发生了什么——比如说起鬼时,妈妈的表情,还有类似于上面实验中的例子,到底周围发生了什么让人产生恐惧。

当一个外来的强烈刺激超出个体心理承受能力时,都会让人产生恐惧。每个人怕鬼的后面,都和强烈的刺激有关,同时也和刺激发生时孩子的心理处在哪个阶段有关——刺激发生的时间段不一样,恐惧的程度也会不同。比如,恐惧实验中,婴儿接触毛茸茸的兔子出自本能,受好奇心驱使。这种好奇心被外来强刺激干扰时,则引发起源于早期心理发展阶段的问题——关于自身存在和现实感的问题。刺激发生的时间越早,这种恐惧就会越强,克服起来就会越困难。所以,怕鬼的朋友需要看一看自己是什么时候开始怕鬼的,那时那刻发生了什么,等等,找到了根源便可以帮助自己克服怕鬼的恐惧心理。

3. 两个小方法

针对刺激发生时间比较晚、比较容易克服怕鬼心理

的情况,给出两个小方法,感兴趣的朋友可以试一下:

第一种方法是行为主义的方法,心理学上叫冲击疗法,即先搞清楚你怕鬼的具体样子,你是怕某种幽灵还是怕某个场景,然后有针对性地去看看这种类型的恐怖电影,把自己暴露在具体的事物和场景中,去感受那种极度的恐惧。那种恐惧在小时候可能不能承受,但现在是可以承受的,去体验这种恐惧,恐惧程度就会慢慢变小,就再也不怕了。当然了,这种方法比较残忍,要视自己的承受能力而定。

第二种方法和心理咨询类似,你可以去跟朋友说说这个恐惧,去跟根本就不怕鬼的朋友去说。为什么要找不怕鬼的朋友?因为当你说得很夸张的时候,你说完他笑笑,朋友的那种平静和从容可能会给到你一些力量。换句话说,是让你的朋友帮你消化这种恐惧。朋友扮演的就是一个心理咨询师的角色,身边如果有这种心理特质的朋友,不妨试一下。

七

问:人为什么会自杀?

关键词：毁灭焦虑

答：

每一起社会热点事件都会引起一定的恐慌，而自杀事件则更加剧了这种恐慌，比如之前的孕妇跳楼和最近的青少年跳桥等自杀事件。我以这些事件作为切入点，从心理学的角度来理性地说说自杀。

各种自杀事件中，首先显现出心理咨询中经常会遇到的问题——退行。退行就是人在遭遇极大的挫折、自己没有办法面对的时候，退行到了一个小小孩的状态中。这种状态比较常见，比如，工作出错的时候，见到领导会特别紧张，这个紧张和小时候被家长训斥、被老师训斥的感觉特别像，故而说这个时候退行就发生了。

退行的过程如果涉及自杀、杀人等和生死相关的事件时，往往意味着这个人可能在那时那刻退行到了婴儿状态。这个阶段在心理学上有一个专有名词，叫口欲期。口欲期涉及问题比较多，我们单从自杀事件说三个与之相关的心理问题。

1. 存在感

第一个就是存在感。这种存在感是一种本能的存在感，也就是说我能不能活下来。

口欲期的存在感是一种混沌状态的存在感，也就是说退行到口欲期的病人，他们常常对自己的思维是来自内部还是外部混淆不清——即在自杀发生的那个时刻，他已经不能够明白是我疼还是外界让我疼，是我不安全还是外界不安全。那样的一种混沌状态让自杀者不能够区分"我"和周围的环境。

处在这样一个状态中，他的现实检验就会出现问题。现实检验是什么意思，就是说他没有办法判断：现实的情况是什么样子？真实的情况是什么样子？客观的情况是什么样子？如果现实检验出现问题，情绪调节就相当困难。自杀者处于心理崩溃状态时，他的各种负面情绪是无法调节的。

总之，这种存在感是一种特别模糊、混沌的状态，患者可能对自己的一些基本特征都不够明白。比如说，我现在是男性还是女性、我叫什么名字等，可能都分不清楚了，更不用说妈妈说的是气话还是真心话了。也就是说，自杀者陷入一种深深的含糊和混沌之中。

2．基本信任

口欲期患者面临的第二个问题就是信任的问题。

先说一种正常心理发育的情况。当一个婴儿被妈妈抱在怀里的时候，他会体验到这个世界是欢迎他的，这个世界是安全的，我是可以活下来的……总之是一种心安理得的安全感。这份安全感是妈妈给他的，或者确切地说，是妈妈的怀抱给他的。随着年龄的增加，他逐渐认识到：这是我妈妈，我妈妈是值得信任的。有了这样一种对妈妈的信任，他就可以扩展到对他人的信任，对社会的信任，心理学上把这种信任称之为基本信任。

而退行到口欲期的自杀者，首先是去寻求帮助。这个时候的寻求帮助，就像一个婴儿去请求妈妈的怀抱一样，是对基本信任的需求。当这种信任的需求不能够被满足的时候，他就会像婴儿一样哭闹，只想让妈妈抱。如果妈妈不抱，他可能会怎样呢？他会体会到一种天塌下来的感觉——即妈妈不要我了，我被这个世界抛弃了，这个世界不值得信任，没有人值得信任，等等，总之，基本信任会受到挑战。

当这种基本信任受到挑战的时候，就会出现另外一个问题——毁灭焦虑，也就是口欲期患者面临的第三个问题。

3．毁灭焦虑

每个人都有焦虑感，也就是莫名其妙的心慌、害怕、紧张、担心等，不知道将要发生什么，是一种对未来的不确定感或者恐惧感。

对于一个退行到口欲期的自杀者来说，这种焦虑是直面生死的焦虑。自杀者往往会体验到一种被这个世界毁灭的恐慌感，这样的恐慌对于任何人来说都是挑战，很难承受。生活中，会听到有时小孩子的哭带着一种撕心裂肺的感觉，这种感觉接近毁灭焦虑。一个成人如果退行到口欲期，毁灭焦虑可能更甚，因为除了害怕与恐惧，还带有一种深深的羞耻感：我一个大人竟然落到了这种地步？所以，处在这样一种状态中的自杀者会选择一些极端的行为，比如跳桥、跳楼等，这背后的体验和认知是——我要被毁灭了！我要被迫害了！干脆我和这个世界一起灰飞烟灭了吧！

由此可以了解到，一个处在自杀观念中的成人做出极端的行为，可能是这种毁灭焦虑和深深的羞耻感一起捆绑了他，让他去做了这样一个毁灭自己、毁灭世界的行为。

心理学的视角告诉我们——这个世界没有罪人，只有病人。自杀者是这样，自杀事件中涉及的家人可能也是这样。我们能做的唯有理解。带着这样的视角——退行到口欲期面临的三个最基本的生死问题：本体的存在感、基本的信任感与毁灭焦虑的迫害感——去理解自杀者和自杀行为或许是对他们最大的尊重吧。

八

问：如何从一个被动的人变成一个主动的人？
关键词：心理发育受挫
答：

这是一个很大众化的问题。我想从心理学的角度来说说主动和被动。

人的天性是主动的，或者说人天生是一种主动的生物，那为什么慢慢地由主动变成了被动呢？这其实是经历了一个过程。举个例子来讲，一个孩子拿着一幅画兴奋地对妈妈说："妈妈，你看我画得好不好，你看我画得好不好？"妈妈看都没看就忽略过去了，压根就没听进去他说的话，只是在忙手里的事情。这在生活中应该很常见，作为成人都很理解，这最有可能是大人无心为之。但小孩子的心理体验和认知更可能是：妈妈比较讨厌我、烦我，我招人讨厌、招人烦。

下次再想去接近妈妈，他心里既想又不想。想是天性使然，不想是害怕之前的情景再次出现，于是内心就冲突了。面对这种内心冲突，不同的孩子会有不同的应对方式。

一般来说，会有三种不同的发展方向。

第一种孩子，其外在表现是不去接近妈妈。也就是内心害怕、抗拒的成分更多一些，用一种回避或被动的方式解决了冲突，而且越来越习惯这种被动。他觉得被动让自己舒服，渐渐地也就变成了一个被动的人，这样的人可能就过着一种比较随性的生活。

第二种小孩，虽然被动但心有不甘，而且这种不甘促使其总在找办法去满足自己的愿望。他们可能小时候没有办法反抗，等到长大一些了，能力够了，就主动反抗了，或者去找别的人当自己"心理学上的妈妈"，用这样的方式来解决冲突。

如果机缘巧合，遇到一些事一些人，主动中不仅解决了冲突，还得到一些好处，于是渐渐学会了主动。也许在这个过程中，他同样会遇到主动的时候被拒绝，童年潜意识的冲突被激发，即"我要不要接近妈妈"，但随着主动过程中自我力量的强大，这种冲突渐渐以主动的方式获得解决。

第三种小孩，介于这两者之间。即虽然不去找妈妈了，但心有不甘，内心一直纠结着、冲突着。也就是说，内心的冲突一直没有解决，而且这种冲突又时不时地过来撞击一下自己，这样的情况叫心理发育受挫。

这种受挫伴随其长大，经常受挫，经常冲突，成人后在亲密关系中表现尤为明显。当碰到了自己喜欢的人时，要不要主动的问题就摆在面前，而且往往表现为一个恶性循环：越在乎就越纠结、越冲突、越痛苦。这种心理发育受挫长期累积下来，必然导致严重的心理问题，最后就需要进行心理咨询，寻求专业的心理路径去解决。

有类似困扰的朋友，先了解一下自己：你属于哪一种小孩？为什么想从一个被动的状态变成一个主动的状态？在此基础上再去做一些调整和改变，早日结束这种难挨的痛苦。

九

问：如何调节日常生活中的抑郁情绪？
关键词：哀伤与抑郁
答：

在日常生活中，我们的确经常会陷入一种抑郁情绪当中，虽然还没有达到抑郁症的标准，但会影响到生活。

那如何调节呢？我给的答案很简单：就是什么都不做，沉浸在那种抑郁的情绪当中。

下面我来解释一下这样做的心理机制。

1. 哀伤与抑郁

在心理学上,抑郁和哀伤是特别相像的两种情绪。但我们把哀伤视为一个过程,而且是一个治愈的过程;抑郁则更多地被视为一种情绪。

哀伤到底是一个什么样的过程呢?心理学家南希曾经说过:在正常的哀伤过程中,上天会赋予我们一种能力,对生活中不可避免的失望趋向情感的平和,象征性地告别以前的生活阶段,意识到自己在每一次丧失中的局限性以及不能拥有一切的事实,这有利于成长。

2. 治愈是如何发生的?

举例来讲,每个人都经历了长大,小的时候会觉得自己很厉害,无所不能,什么都能干,就是那种"我是宇宙的中心,所有人都围着我转"的感觉。但是,当摔了一跤,或者一些事情没有做成的时候,就会对自己失望,觉得自己好像也不是超人,这就进入了哀伤的过程。在这个哀伤的过程中,我们不可避免地对自己失望,对别人失望,对环境失望。但随着我们对现实越来越了解,就越来越接受了这种失望,那这种失望就会随着时间而流逝。而且,随着我们对现实越来越能看清楚,情感上会趋于一种平和,这就是我们所说的哀伤的过程,是有一个接受不可避免的失望,情感趋向于平和的过程。

3．日常生活中的抑郁

现实中，随着年龄增长，当我们越来越善于处理很多事情的时候，这个过程会一步步地缩短，以至于我们经常处在一种没有时间去经历这样的一个哀伤的过程，只是陷入抑郁情绪，很想赶快跳出来，于是迅速去做一些事情。带着情绪做事自然做不好，接着失望，接着去做一些事情，还是做不好，于是陷入一种特别烦躁、挫败、抑郁的境地。

我曾经看过一个视频，大概的意思是，当你摔倒了的时候，没有必要立刻爬起来——你可以在那儿躺一会儿，感觉一下你是不是膝盖疼，是不是哪里难受了，是不是哪里受伤了。用感受而不是用眼睛。等感受到自己可以站起来的时候，再慢慢站起来。这是心理学上所说的成长，用感受去丈量的成长。

这样的摔倒给到我们成长的意义要大于摔倒本身。因为真切地感受到疼痛、难受、伤害，可能下一次就不会再摔倒了；而如果我们摔倒了赶快爬起来，然后注意下旁边有没有人看到自己，那下次很可能在同样一个地方会再次摔倒。

十

问：发现自己做事的动机都是取悦别人，应该如何改正？
关键词：动机性获益
答：

回答这个问题，可以按照以下思路进行：

1. 了解你的动机性获益

如果一个人做事的动机是取悦别人，这样一个方式一定曾给他带来一些好处，这在心理学上称为"动机性获益"。也就是说，取悦别人者从这样的行为模式中得到了自己想要的东西，比如说有人想要一个良好的人际关系，用这种取悦别人的行为去维持这样的人际关系。

那又为什么要维持良好的人际关系呢，这就涉及心理学关注的存在主题：孤独。对于中国一代独生子女来说，孤独是很多人不得不面对的问题：有的人能够独处，能承受那种孤独感；有的人不能独处，无法承受那种孤独感。于是需要人际互动让其感觉到安全，于是自然会去建立并维持良好的人际关系，这种人的动机性获益就是避免体验孤独感。类似的存在主题还有：避免体会死亡焦虑，避免无意义感等。

2. 了解你的动机指向

根据心理学的动机理论，取悦别人者可以从三个方向进行深度探索，从而更清晰地认识自己。

第一个方向是依恋。当我们想和某个人在一起时，就会去取悦他。

第二个方向是探索，当我们想知道这个人身上还能发生些什么时，就会对他产生好奇，带着这种好奇去取悦他。

第三个方向是找到一种归属感，可能被取悦的人身上有一种安全感，觉得和他在一起能体会到"家"的感觉。

这些都是思考的方向。最常见的是依恋，就是想跟这个人在一起，这样的一种心理机制促使了取悦行为的发生。

当理解了取悦别人背后的意义时，我们就获得了一种选择的自由，或许还有其他的途径可以获得我们想要的东西。这样的领悟可以帮助我们用一种比较健康的方式与别人交往，而不仅仅用取悦的方式。

3. 取悦别人不如取悦自己

与其取悦别人，不如取悦自己。这是我们经常听到的，但要把它落实到行动上，就需要我们去了解取悦别人背后的动机及意义，这种行为模式能带来什么样的好处。

当然，这种探索如果能在专业人士的帮助下完成，则会受益更多。心理咨询中，咨询师能够从心理学角度识别出一些关系模式，同时予以澄清，并创造一种安全的环境，让来访者在谈论的同时去修正自己的行为模式。

需要澄清的是，修正不等于修改。修正，更多的是在原来的行为中增加新的可能性，即帮助来访者用其他方式去和曾经的取悦对象互动，而不仅仅只用取悦他人的方式。

十一

问：小时候缺爱成人后如何补？

关键词：哀伤与适应

答：

小时候缺爱成年后如何解决？

首先，在一个人的成长经历中，有一些东西是不可以改变的。比如一个在童年受过虐待的人，即使施虐者承认了之前不该如此，伤害也已经造成了并且无法挽回，受虐者还是会痛苦、会抑郁，这是我们没有办法改变的东西。也就是说，一个在童年时受过心理虐待的人，不可能彻底消除情感上的伤疤。

重要的话说三遍！

所以，他现在能做什么才是至关重要的。

所以，他现在能做什么才是至关重要的。

所以，他现在能做什么才是至关重要的。

很多时候产生心理问题的原因是，我们不愿意接受已经发生在自己身上没有办法改变的一些事实；也不愿意承认，没有人能及时对我们以往的痛苦给予补偿。

那怎么办呢，答案是：用哀伤或者适应去面对，以替代我们一直以来的自我憎恨和异想天开。

1. 一个好的环境

哀伤和适应首先需要一个环境，比如在心理治疗中，心理咨询师提供了这样一个环境——可以让这个来访者诉说童年各种各样的不幸，同时也让他知道，有些东西是没有办法改变的，但他现在还是可以做一些事情的。接下来，我们试图让来访者从以往恶劣的环境中找到自身的力量，那个力量曾经帮助他度过当时的艰难处境，现在则会帮助他更好地适应当下的环境。

2. 哀伤的过程

哀伤是一个什么样的过程啊？这个过程和我们内心体验到抑郁的时候特别像。那是一种没有办法取暖，经常觉得自己是孤零零的一个人,很绝望的那种感觉。这样的感觉如果有人一起分享,则会减轻那种感觉,这样一个过程更加近似于一种哀伤的过程。

在心理咨询中,随着咨询的深入,每个人都或早或晚会从哀伤中获益,他会重新去看待受过伤的童年;那些不公正的待遇和痛苦,会随之慢慢改变。

3. 适应的过程

适应的心理学含义是说,有一些事情是没办法改变的。审视目前所处的环境,寻找可以改变的地方,再加上你本身就具备的自我力量,让自己的心理状态调整到最佳水平。

哀伤和适应都会使我们看问题的视角发生变化,当看问题的视角发生变化后,我们可能就远离了曾陷入早年经历中的那种自我憎恨和异想天开的情绪。

4. 专业的陪伴

早年身处缺爱的环境,后天如何解决?

如果你正面临这样的问题,可能需要一个专业人士的陪伴,陪伴你面对早年缺爱的环境。当开始面对的时候,就会尝试着去接受,然后放弃曾经的一些要求——那些要求曾经像黑洞一样把你拉入抑郁当中。

有的时候你会发现,放弃一些东西可能比坚持还要困难，哀伤的过程其实就是一个放弃的过程。放弃的同时，我们来学着去适应新的环境，最终实现以哀伤或者适应去替代自我的憎恨和异想天开。

十二

问：为什么越努力越焦虑，松懈以后反而产生一种内疚感？

关键词：崩解焦虑

答：

这个问题把它扩大一下可能更好理解——为什么越努力接近一个人，就越会感觉到恐惧；而当松懈了，不去接近这个人的时候，反而会产生内疚感。

如果你也有这种感觉，我想进一步问一下，那个人是谁？

1

这种焦虑在心理学上被称为崩解焦虑，指的是，我被某个人所压制进而吞没，并感觉到我整个人崩解了，最终消失在茫茫宇宙中。我们把这种焦虑体验称之为崩解焦虑。这种焦虑使人没有办法忍受，并且很少被感知，但大多数人在心理上会残存这种崩解焦虑，表现在外在就是对亲密关系的极度恐惧。在现实生活中不难发现，有些人与他人亲密接触时会迟疑、彷徨，这种畏惧更多地来自担心自身的独立存在受到威胁。

2

举个例子。比如说一个小孩子，他特别想跟母亲接近，但接近了之后，他发现妈妈把他抱得特别特别的紧。这个时候他会体会到一种窒息感和被吞噬感，这种感觉让他极度恐惧："这个人太强大了，我和她比起来，小得像一粒尘埃……"一个人弱小到极致，就相当于面前是一个特别大的巨人，这时他就会感觉到会被这个巨人吞没甚至毁灭，自己不复存在。

所以说，越努力越焦虑，经常呈现出来的是——我好像努力到了终点就是和这个人融合在一起，或我跟某件事情合二为一。那这个时候，这种合二为一，一方面给我们带来了一种成功后的愉悦感，另一方面也带来了那种被吞没的恐惧感，也就是崩解焦虑。

3

小孩子对妈妈的一个情感，或可叫作又爱又恨。爱的部分就是，我想跟妈妈走近，想和她贴近；恨的部分就是，我跟她走得太近了之后，就没有自我了。人们在恋爱中也会出现这种情况，很想和对方走得很近很近，甚至融为一体，但真的特别近的时候，又害怕那种融为一体会让自己被吞没。

那我们换一种方式，干脆我就不努力了，不走近了行不行呢？松懈了行不行呢？这时候你会发现，松懈了的时候反而会有内疚感。我们再把它还原成孩子那个状态就能理解了，也就是说，妈妈把我养大，然后有一天我要离开她，这个时候会觉得对不起妈妈，产生内疚感。尤其是当一个孩子明显感觉到，妈妈在心理上离不开自己的时候，这种内疚感会更甚。

十三

问：患有严重的注意力缺陷障碍（ADD）怎么办？
关键词：表达情绪
答：

注意力缺陷障碍在心理学上属于行为障碍的一种，最常用的是通过行为干预去纠正。基于咨询师的专业优势，这里提供一个视角，在各种行为干预方法不奏效的时候可以尝试，也可以作为辅助手段一并运用。

1

在精神分析的视角下,一个人的症状其实是一种情绪情感的表达,各种各样的行为障碍,比如说多动症,还有一些反社会的行为,都是一个人早年表达情绪情感的方式。

注意力缺陷障碍的患者往往逻辑思维能力特别强,在描述问题时,条理非常清楚,但在表述的过程中几乎没有情绪情感的表达,而这恰恰是需要特别关注的地方,也是心理咨询需要做工作的地方。

2

为什么情感表达如此重要呢?先来看看一个人情绪的发展过程:在孩子最早意识到的情感中,不是总体满意的就是总体忧伤的,没有一个细分。随着年龄增长,他对自己各种各样的情绪有了细分。比如说,愤怒就可以细分为激怒、恼怒、暴怒、狂怒等。细分出来之后,再进行下一步的工作,就是能够把这些情绪表达出来——情绪一旦表达出来,就不会再通过行为的方式去表现了。

试想一下,你平时是如何表达愤怒的?可能有很多种方式,有的人可能会这样说:"你再这样我就生气了!"有的人可能会这样说:"你动我一下试试!"还有人一拳头就砸过去了。这三种都是在表达愤怒,第一种更成熟,第二种次之，第三种相对不成熟，但相同点是都表达出了愤怒。

3

还有人是把这种情绪藏在心里，没有去表达。不表达会怎么样呢？一种常见的现象就是向内攻击，"我好差呀，我怎么这么笨哪，我怎么怎么……"这是相当于把拳头指向自己，也就导致了抑郁的发生。

抑郁是很难受的，那怎么办？小孩子就通过各种各样的行为表现出来，比如多动，当多动还能得到一些好处的时候，就更会用这样的行为去表达了。行为的背后其实是情绪在表达，多动症或者叫注意力缺陷障碍，也可以根据这个思路去理解。

十四

问：强迫症状的背后是羞愧还是内疚？
关键词：内疚与羞愧
答：

1. 内疚与羞愧

从标题就能看出，这是一个感受性描述的问题。这两种感觉特别像,我在这里稍微进行一下区分。内疚是一种因感到自己内心邪恶的力量而产生的深深的毁灭感或罪恶感,类似觉得自己做错了事情,可能要被惩罚的感觉;而羞愧包括了脆弱感,有一种被人看不起的感觉,相对而言是一种比较弥散的情感。

内疚是打破道德规则时的内心体验,而羞愧则是被社会贬低时的内心体验。两种感觉不一样,背后的发生机制也不一样。

2. 强迫因内疚而起

强迫,又被称为病理性的完美主义,就是过分地追求完美,对很多事情的结果都不满意,总是一遍遍地去做一些事情。这样的一种强迫行为,有可能是因为内疚,也有可能是因为羞愧或者羞耻。

如果是因为内疚,那强迫性地要求每件事情都完美无缺,则表明这个人其实是特别担心内心的破坏力量将失去控制而显现出来。也就是说,在强迫者的内心存在一个破坏性的力量,时不时地会出来捣乱一下,他特别害怕这种力量把完美的结果打破。如果是这样的话,内心的那种破坏性的力量是需要有一个发泄口的,只有如此才能减轻那种内疚。那么,可以去做一些事情把这种破坏性的力量发泄出去,打CS、拳击等都是很好的选择。

总之，以破坏性活动为主。

3. 强迫因羞愧而起

如果这种强迫的行为是因为羞愧或羞耻心而产生，这就和人际关系有关，他会特别害怕受到他人的审视，担心别人那种审查、监督的目光会看穿自己，担心自己是不是徒有虚名、败絮其内，总之，更多是内心的短处特别害怕被别人看到。所以说，这样的一种因羞耻产生的强迫行为，更多的是出于自卑心理，觉得自己没有资格拥有某些资源，只好紧紧抓住一些东西。

如果是基于羞愧产生了强迫症状，建议去做一些可以提高自己自信的活动，发挥自己的优势去做事，而不要逼迫自己或者挑战自己。总之，需要我们在内心建立一些东西，让自己更加自信起来。

十五

问：作为新手爸爸，如何面对爱发飙的全职妈妈？
关键词：自尊调节

答：

1. 心理学上的自尊

这可能涉及一个关键的心理因素"自尊"。心理学意义上的自尊和大众所理解的自尊心不一样。心理学意义上的自尊，更多的是一个人的自我价值感，也就是觉得自己有没有价值。这种自我价值有时候是一种感觉，再说通俗一点，就是自我感觉怎么样。

一个人的自尊在心理上的作用，就像水对于鱼的重要。也就是说，自尊的存在你可能没意识到，但它每时每刻都在影响着你的一切，包括工作、生活、学习。

2. 环境的改变考验自尊的调节

对女人来说，回家带孩子可不是小事情。环境发生了变化，如果她以前工作过，突然让她去做一个全职妈妈，这样可能会引起心理上的变化，这时就在考验她的自尊调节作用。

当一件事情不得不去做的时候，就降低了自尊水平。

3. 如何调节自尊

首先要了解这个全职妈妈的自尊结构，换句话说，她最在乎的事情是什么？什么让她比较有价值感？如果一个女人特别在乎家庭，她可能就愿意带孩子，回归家庭；一个女人特别在乎工作，她可能就不愿意带孩子，这个时候不如找个人来代替，以后慢慢让其体会一个当妈妈的乐趣。

总之，看清楚一个人最在乎的是什么，是最重要的。即使做了妈妈，也可以去做以前很在乎的事情，哪怕是很小的一件事，比如编织等。

如果这个提问者是爸爸的话，我想，首先你已经做到了一点——关注妻子这个人，那接下来可能就是认清楚妻子的自尊结构。

4. 接受她不能接受的部分

很多人说，那是不是我就赞美她，肯定她，就能提高她的自尊水平了？我觉得这只是一个方面。最重要的是，理解或者接纳她的一些东西。在心理层面，一个人自尊的增强并不是说你表扬她就可以了，而是她自己有特别讨厌的部分自己都不能接受，但你可以接受，你若如此做，她就会很舒服。比如说，做一个全职妈妈可能脾气很暴躁，她今天又发了一通脾气。其实发脾气的时候自己也不喜欢自己，丈夫如果能做到包容，她慢慢地就能够稳定下来。

总之，理解很关键；接受她不能接受的部分，也很关键。

最后我想说，一个新生命降临一个家庭的时候，丈夫要有一双可以托起妻子的手,尤其是去理解、接受她的那些连自己都厌恶的部分,这很关键。这就是我对这个问题的回答。

代后记

夜空中最亮的星

我祈祷拥有一颗透明的心灵

和会流泪的眼睛

给我再去相信的勇气

越过谎言去拥抱你

每当我找不到存在的意义

每当我迷失在黑夜里

夜空中最亮的星

请指引我靠近你

这是我曾经在课堂上放过的一首歌的歌词,作为一名心理咨询师,我有特别感性的一面,课堂上放的歌曲带着自己这些年来走在心理学路上的一些情怀。

2010年我开始学习心理学,到今天已是第九个年头。

在心理学的研习之路上，我既是心理咨询师，也是来访者；是督导师，也是被督导者；是培训讲师，也是参加培训的学员。和其他职业相比，心理咨询师的职业更强调站在对方角度去体验、感受，所以在不同的角色间切换其实是一种必然。而这首歌几乎唱出了上述我所有角色的心声，或者说它就是我自己从心底发出的声音。

心理学发展到今天，走在最前沿的分支是精神分析的主体间系统理论，此理论认为，咨询师和来访者的深度互动带来的是彼此的成长：表面上看是咨询师在帮助来访者解决心理问题，促进其人格的成长，实际上，来访者也在咨询师的成熟与成长中或多或少留下了印记，而且大多数时候起着促进作用。

美国心理学大师欧文·亚龙在《给心理治疗师的礼物》一书中提道：他很难想象一个治疗师十几年来一直不变，并引以为傲借此说自己技术过硬、人格稳定。我也很难想象一个在一线工作的咨询师能够不被来访者所影响。就我自己而言，被来访者影响几乎每天都在发生着。比如此刻，看着已经成稿的来访者的故事，我很想知道他们此时此刻在想些什么，又在经历着什么。这份好奇不会有答案，但它会在我未来走进咨询室时发挥作用，也会融入我的生活态度中：对人的经历、人的内心世界保持好奇。

当然，也有人对我的经历、我的内心世界保持好奇。作为一名心理学讲师，这些年来我培训的学生多是对心理学感兴趣、还在入门级的学员，学员经常会问一个问题：老师，这行是不是挺难的，您是怎么坚持下来的？而当这个时候我其实想到的不是自己坚持的经历，而是自己放弃的经历。

从业前三年，我经常思考一个问题：还要不要坚持？怎么坚持？直到我遇到了一个来访者，她说她曾经找一位咨询师找了半年多，在我们的咨询中她亦在寻找对方，我们咨询中的很多次，她都在说和这位咨询师互动的点点滴滴。心理学理论告诉我，这个咨询师是她的重要客体，但心理学的理论没有告诉我找不到这个人对她意味着什么。在我与她的互动中，我能从言语中深切地听到心碎的声音……就在这个瞬间，我对自己说：一定要把这个个案坚持下去，不能半途而废，坚持！坚持！这个来访者带来的力量今天还在，今天我依然是一名工作在一线的心理咨询师。（这个来访者的故事收录在《不敢过暑假》一章）

借由我和这个来访者的互动，我想说：走在心理学的路上，放弃的理由有很多，但提起来访者，坚持的理由似乎只有一个：信任一个人不容易，别轻易放弃！

是啊，信任一个人不容易，别轻易放弃！很多时候，来访者的确是我的动力，是我做心理咨询师的动力，也是我作为一个学习者补充理论知识的动力。

说到理论知识，我又想到了阅读心理学专业书籍的过程，这个过程亦受来访者的影响。我看心理学专业书从来都没法快起来，曾经尝试过给自己订阅读计划，周末把哪些书看完，照我的阅读速度完全没问题，但真正读起来，连五分之一都做不到，因为每每读起，都会联想到来访者，有时候是一个，有时候是好几个。有时候也会联想到我自己，情不自禁时甚至会落下泪来。这样的阅读体验很多人在阅读小说时有过，而因为有了和来访者互动的体验，我在读专业书籍时也会有这般读小说的体验。

我曾经和学员分享过这样一个体验：心理咨询到底有没有用？这个问题在我做《来访者》的时候，我有了明确的答案；在我某天真切地看到了来访者的变化时，我有了明确的答案；在我听到来访者对我说，她这么多年来第一次感受到"睡得实在"是什么滋味时，我有了明确的答案；在来访者惊喜地表示，他恢复食欲了，我有了明确的答案……总之，心理咨询到底有没有用，这亦是我与来访者互动得出的答案。

很多时候我能深切地体会到，走了这么久，是来访者在推着我往前走——因为有来访者的信任，我得学艺再精一点，我得诠释更准一些，我得理解得更深入一点，我得感受得更真切一些……

累不累？累！值不值？值！

在心理学的路上，我走了很多年。对于我来说，很多时候我与来访者互为老师，我们彼此信任，彼此鼓励……记得一本书上提起过某位老将军，他说他打了无数的胜仗亦不敢妄谈胜利，他只是想让手底下的兵少死几个。这话让我醍醐灌顶，在心理咨询师的从业路上，"成功""成就"这些词离我太远，我只想尽我最大的努力做到合格。

夜空中最亮的星，来访者就是我心理学世界中的繁星，在无数个黑暗的时候，依然透着点点星光，指引我靠近，伴随我前行……

谨以此文献给我所有的来访者：感谢！感谢我们曾一路同行！

梁明霞

2019 年 4 月

（说明：本书涉及的来访者的故事均经来访者同意发表）

图书在版编目（CIP）数据

中国"轻一代"女性的心灵图谱：来自心理咨询室的十五个一手故事／蔡岫，梁明霞著．——北京：新星出版社，2019.7
ISBN 978-7-5133-3604-8

Ⅰ．①中… Ⅱ．①蔡… ②梁… Ⅲ．①故事-作品集-中国-当代
Ⅳ．① I247.81

中国版本图书馆 CIP 数据核字（2019）第 121086 号

中国"轻一代"女性的心灵图谱

来自心理咨询室的十五个一手故事

蔡岫　梁明霞　著

责任编辑：高晓岩
责任校对：刘　义
责任印制：李珊珊
装帧设计：冷暖儿

出版发行：新星出版社
出 版 人：马汝军
社　　址：北京市西城区车公庄大街丙3号楼　　100044
网　　址：www.newstarpress.com
电　　话：010-88310888
传　　真：010-65270449
法律顾问：北京市岳成律师事务所

读者服务：010-88310811　　service@newstarpress.com
邮购地址：北京市西城区车公庄大街丙 3 号楼　　100044

印　　刷：北京美图印务有限公司
开　　本：910mm×1230mm　　1/32
印　　张：7.75
字　　数：100千字
版　　次：2019年7月第一版　　2019年7月第一次印刷
书　　号：ISBN 978-7-5133-3604-8
定　　价：48.00元

版权专有，侵权必究；如有质量问题，请与印刷厂联系调换。

新星好书

2018 年 6 月出版　定价：130 元

一个好的选本，等于一本著作。

——顾随

这套书遵循古典文学鉴赏家顾随先生的文学理念——真、力、美，以其民国时期的讲义为本，将他点评过褒奖过的作品，按照时间顺序一一陈列，并附有顾随对作家作品的精辟评论。为便于读者阅读，编者对字词及用典作了简明得体的注解。四百多首诗词代表了大师顾随心中的中国古典诗词精华，可谓一部别出心裁的选本。全书分上、下两卷，上卷为诗，下卷为词。

新星好书

2017年6月出版　定价：68元

这是流沙河先生几十年研究汉字的心得，系统地展示了作者对汉字发生学奥秘的见解，发前人所未发，新意迭出，给予读者相当丰富的思考空间。

他纠正了许慎《说文解字》一书里的数处错误。

他去除了汉字与生命之间的隔膜，使每一个汉字都有了生命。

一部真正的识字字典，亦是一部兼容并蓄的百科全书。

珍贵手稿本。原汁原味。

096·鸟隹之辨

流沙河

鳥（简作鸟）为何又叫隹zhuī？《说文解字》回答：尾羽长的为鳥，尾羽短的为隹。后人多不赞同这个说法，因为从鳥之字也有尾羽短的，从隹之字也有尾羽长的。今人审视古文字的笔划，发现鳥字张嘴，隹字闭嘴，便认为善鸣的为鳥，不善鸣的为隹。针对这个说法，也能举出若干反证。所以我在此另辟思路，提出愚说，就教读者诸君。

1949年底，南下大军入蜀，多属陕西、山西、河北、山东、河南诸省人。每与蜀人交谈，呼铁椎、木椎、大锤、钉锤为椎子和锤子，必引起蜀人哂笑。蜀人俗呼男根为椎子和锤子，只在骂架斗嘴时偶一用之。盖以隹代指彼物，正如北人以鳥diǎo代指那话也。蜀中客家千年前曾经是中原的北方人，至今仍保留着这个语词。予昔年在农场劳作，见客家妇呼其幼子小名"大鸟哥"，乃深信方言之难以改易。回到正文来，我由此想到，呼鳥隹为隹或许是远古时南人的方言。早在甲骨文，鳥隹二字已经并存了。推测距今四千年前，华夏称鳥，南蛮称隹。形成文字时，（虽然都）鳥隹二字象羽族之形，但是读音各异，所以一物两名，并存至今。

简体鸡字■两个繁体，一从隹，一从鸟，其间并无是非可言，至为异体罢了。奚字放在左旁，■声符。雏鸡叫声jījī或xīxī，"其名自呼"。这里不用奚义，仅借■奚声■雞字■读音。奚字象形，本义是抓人的小辫子，被抓者当然是罪人了。不过此事与雞毫无关系。甲骨文两个雞，一象形，一形声。形声的雞张嘴啼叫，头上戴冠，和象形的雞一样，都是公雞无疑。公雞到籀文和篆文被规范为鸟和隹，也是不得已。显然公雞是吃亏了。

雞 鷄
鸡的两个繁体

雞 鷄 （两个甲骨文）
雞的篆文　籀文　两个甲骨文

鳴（简作鸣）指鸟鸣。公雞抗议说："看甲骨文和金文，明明是我在叫，到了篆文就变成鸟叫了！"从前乡下人无钟表，都是雞鸣起床。皇宫都设专职雞人，头戴雞冠帻，鸣镗报■晓呢。鳴字本从雞，而且是公雞。造字如此，反映出先民对报时的迫切需要。

鳴 鳴 （两个甲骨文）
鳴的篆文　金文　两个甲骨文

雛的繁体作雛。本指小雞，北人呼雞娃子，川人叫雞儿，《说文解字》谓之雞子（不是雞蛋）。雛字以叟为纯符。芻（简作刍），牲畜饲的草料。象割下的两箪草料与小雞不相干，取其芻声而已。本指雛雞，后来泛指雛鸟。请看甲骨文，右边明明是一只雞，而且是公雞。

予曾用砖石砌雞坶于庭院之一隅，养雞十條只，日日捡蛋，心中快乐，成为文革时期最美好的回忆。蜀中人家若只养两三只，便用竹编雞罩，比砖石砌雞坶省事得多。雞罩无底，早晨放雞出来，只须将罩揌起，彼等跑开。此时正好净扫雞屎，堆在院角积肥。雞罩上方有洞，便于伸手入内捉拿。只有雞市场上，贩子才设置有底的雞笼，关雞七八只，任顾客挑选。

你看罩的篆文上面是网（擎作網），却非鱼网鸟网。网在此就是罩。一切罩子都是无底，由上扣下罩着。雞罩亦复如此。养雞用罩，养鸟用笼，所以网下的那个隹在这里必定是雞。再看甲骨文，果然是公雞。

现今罩字从网卓声，已是形声字了。《说文解字》解罩为"捕鱼器"。养雞之罩形似捕鱼之罩，借用罩字也说得通。